노인과 바다

노인과 바다

초판 1쇄 발행 2020년 1월 13일
초판 17쇄 발행 2025년 1월 7일

지은이 어니스트 헤밍웨이
옮긴이 김민준
펴낸이 남기성

펴낸곳 주식회사 자화상
인쇄,제작 데이타링크
출판사등록 신고번호 제 2016-000312호
주소 경기도 고양시 덕양구 꽃마을로 34, 1006호,1007호(향동동, DMC스타팰리스
대표전화 (070) 7555-9653
이메일 sung0278@naver.com

ISBN 979-11-90298-41-4 00840

노인과 바다

어니스트 헤밍웨이 지음

김민준 옮김

자화
상

차례

산티아고는 멕시코 만류에서 조각배를 타고 혼자 고기 잡이를 하는 늙은 어부였다.

오늘까지 한 마리의 고기도 낚지 못하는 날이 84일이나 계속되었다. 처음 40일 동안은 한 소년과 함께 있었다. 그러나 40일이 지나도록 물고기를 잡지 못하자, 소년의 부모는 노인이 이제 '살라오'가 된 것이라고 말했다. '살라오'란 스페인어로 '운이 없는 사람'이란 뜻이다. 노인의 운이 다했다는 것이다. 소년은 어쩔 수 없이 부모가 하라는 대로 다른 배로 옮겨 탔고, 그 배는 바다로 나간 첫 주에 큼직한 고기를 세 마리나 잡았다.

소년은 허구한 날 빈 배로 돌아오는 노인의 모습에 가슴이 아팠다. 그래서 소년은 늘 노인을 마중하며 휘감긴 낚싯줄이나 갈고리와 작살, 그리고 돛대에 둘둘 만 돛 따위를 치우는 일을 도와주었다. 밀가루 부대 조각 따위로 여기저기 더덕더덕 기워진 돛은 둘둘 말면 마치 영원한 패배를 상징하는 깃발처럼 보였다.

산티아고는 깡마른 몸에 목덜미에는 깊은 주름살이 패어 있었다. 뺨에는 뜨거운 열대의 바다가 반사하는 태양의 열기가 만든 피부암으로 인한 갈색 반점이 여기저기 나 얼굴 양쪽 아래까지 번져 있었다. 두 손에는 군데군데 깊게 흉이 져 있었다. 그것은 큰 물고기를 잡으면서 생긴 흉터였다. 그러나 그 무엇도 새로 생겨난 것은 아니었다. 물고기가 없는 사막의 침식지대처럼 오래되고 메마른 상처들이었다. 노인은 비록 몸은 늙었지만, 그의 두 눈은 푸른 바다 색깔로 청명했으며 쾌활함과 불굴의 의지가 반짝였다.

"산티아고 할아버지."

소년이 조각배를 끌어올린 해안 기슭을 올라가며 노인에게 말했다.

"할아버지와 다시 고기잡이 나갈 수 있어요. 그동안 돈 좀 벌었거든요."

노인은 소년에게 물고기 잡는 법을 가르쳐 주었다. 노인의 지극한 사랑에 소년은 늘 감사하는 마음이었다.

"그건 안 돼."

노인이 말했다.

"너는 마침 재수 좋은 배를 타고 있어. 그러니 계속 그 배에 있어야 해."

"하지만 87일 동안 한 마리도 못 잡다가 삼 주 계속 매일 큰 놈을 잡은 적도 있잖아요. 기억하시죠?"

"기억하고말고."

노인이 대답했다.

"네가 내 솜씨를 의심해서 떠난 게 아니라는 것도 잘 알지."

"아빠 때문에 떠난 거예요. 저는 어리니까 아빠의 말씀을 들어야 했어요."

"그렇고말고, 당연히 그래야지."

노인은 고개를 끄덕였다.

"아빠는 신념이 없어요."

"그런가, 하지만 우리는 확고한 신념을 가졌지. 자신 있게 말할 수 있어."

"그럼요. 그렇고말고요."

소년이 말했다.

"제가 테라스에서 맥주 한잔 사 드릴게요. 이 어구(漁具)들은 드시고 나서 옮기도록 하지요."

"좋은 생각이야. 어부끼리 사양은 필요 없으렷다."

노인이 말했다.

노인과 소년이 테라스에 자리를 잡고 앉자 여러 어부들이 노인을 놀려댔다. 노인은 아무렇지도 않은 듯 개의치 않았다. 그중 나이 많은 어부들은 측은한 눈빛으로 노인을 바라보았다. 그러나 노인은 내색하지 않고 그날의 조류(潮流)라든가, 얼마나 깊은 바다에 낚싯줄을 내렸는지 모르겠다든가, 이런 쾌청한 날씨는 당분간 계속될 것 같다는 둥 고기잡이를 하며 경험했던 일들에 대해 다정하게 이야기를 주고받았다.

그날 큰 어획을 올린 어부들은 일찌감치 돌아와 잡아온 청새치의 배를 갈라 두 장의 널빤지에 길게 늘어놓았다. 그러고 나서 두 장정이 널빤지 양쪽에 붙어 비틀거리며 어류 저장고로 운반해 갔다. 그들은 그곳에서 아바나의 어시장으로 실어 갈 냉동 화물차를 기다릴 것이다.

상어를 잡은 어부들도 만(灣)의 반대편 기슭에 있는 상어

처리 공장으로 잡은 것을 운반했다. 그곳에서는 도르래와 밧줄을 이용해 상어를 들어 올린 다음, 지느러미를 잘라 껍질을 벗겨내고 간을 빼낸 후, 살은 토막 내어 소금에 절였다.

바람이 동쪽에서 불어올 때면 상어 처리 공장에서 나는 냄새가 이곳까지 풍겨 왔다. 그러나 오늘은 바람이 북쪽으로 물러났기 때문인지 냄새가 대단치 않았다. 그리고 곧 그 바람마저도 자 버려서 테라스를 비추는 햇볕이 더욱 상쾌하였다.

"산티아고 할아버지."

"응."

노인은 맥주잔을 든 채 지난 세월을 회상하던 참이었다.

"내일 쓰실 정어리를 갖다 드릴게요."

"아니야 괜찮아. 가서 야구나 하렴. 아직은 내가 노를 저을 수 있어. 그리고 로헤리오가 어망을 던져 줄 거야."

"저는 할아버지와 함께 가고 싶어요. 못 간다면 다른 거라도 도와드리고 싶어요."

"맥주를 사 주지 않았니."

노인이 말했다.

"너도 이젠 어른이 다 됐구나."

"할아버지가 저를 처음 배에 태워주셨을 때가 몇 살이었죠?"

"다섯 살이었지. 내가 고기를 잡아 올렸을 때. 그놈 힘이 어떻게 좋든지 하마터면 보트가 산산조각 날 뻔했지. 그때 너도 하마터면 죽을 뻔했단다. 기억나니?"

"제가 기억하기론 말이에요, 그놈의 고기가 날뛰면서 꼬리를 쳐 배의 가름나무를 부러뜨린 일이에요. 할아버지가 나를 번쩍 들어 젖은 낚싯줄이 꼬여 있는 뱃머리로 던져버렸죠. 배가 요동치던 거랑 고기를 곤봉으로 패던 소리도 기억나요. 할아버지는 마치 장작을 패듯 고기를 두들겼지요. 그리고 달콤한 피 냄새가 내 온몸에서 풍기던 일도 기억나고요."

"그 일을 정말로 기억하고 있는 거냐, 아니면 내가 얘기해 준 것이 이제야 생각나는 거냐?"

"저는 할아버지와 함께 바다로 나갔을 때의 일을 처음부터 모조리 기억하고 있어요."

햇볕에 그을린 노인의 다정한 눈은 믿음직하고 사랑스

러운 소년을 바라보았다.

"네가 내 자식이라면. 아무도 못한 모험도 한번 해볼 텐데."

아쉬운 표정으로 노인이 재차 말했다.

"그렇지만 너는 네 부모의 귀한 아들이고 게다가 네가 지금 타고 있는 배는 운이 좋은 배거든."

"할아버지 정어리를 구해 올까요? 저는요, 미끼를 네 마리 가져오라 해도 가져올 수 있어요."

"아직 쓰고 남은 미끼가 있단다. 소금에 절여 상자에 넣어 두었어."

"싱싱한 놈으로 네 마리 가져다 드릴게요."

"한 마리면 족해."

노인이 말했다. 그에게는 아직 희망과 자신감이 불타오르고 있었다. 그것은 마침 불어오는 미풍과 더불어 서서히 일기 시작했다.

"두 마리는 어때요?"

소년이 말했다.

"그럼 두 마리로."

노인이 어쩔 수 없이 동의했다.

"훔친 건 아니겠지?"

"훔치는 건 쉽지만요, 이거 산 거예요."

익살스런 표정으로 소년이 말했다.

"고맙구나."

노인은 단순하고 소박한 사람이었다. 그래서 스스로를 비하하는 일 따위는 하지 않았다. 그러나 지금은 자신이 좀 겸손해져야 함을 알고 있었다. 그렇다고 그것이 부끄러울 일도 아니며 진정한 자부심을 손상시키지도 않는다고 생각하였다.

"이 정도 조류면 내일도 틀림없이 좋은 날씨가 되겠군."

노인이 말했다.

"어디로 나가실 거예요?"

소년이 물었다.

"가능한 한 멀리 나갔다가 바람의 방향이 바뀔 때 돌아와야지. 동트기 전에 나갈 작정이다."

"그럼 저의 배 주인한테도 멀리 나가자고 말할게요."

소년이 말했다.

"그러면 할아버지가 정말 큰 놈을 낚아 올렸을 때 우리가 도와드릴 수 있잖아요."

"그 사람은 너무 멀리 나가는 걸 그다지 좋아하지 않을 텐데."

"그건 그래요."

소년이 말했다.

"새가 고기를 찾아 돌아다니고 있는 곳을 봤다던가, 아무튼 주인이 못 보는 것을 보았다고 할 거예요. 그래서 돌고래를 쫓아서 멀리까지 나아가도록 해볼게요."

"주인이 그 정도로 눈이 나쁘니?"

"거의 장님이나 마찬가지예요."

"거 참 이상한 일이로구나."

노인이 말했다.

"그 사람은 거북이 잡이를 나간 적도 없는데. 거북이 잡이를 하면 눈을 못 쓰게 되거든."

"할아버지는 모스키티아 해안에서 몇 년씩이나 거북이 잡이를 하셨지만, 그래도 아직 눈이 말짱하잖아요."

"나야 별난 늙은이니까."

"그런데 아직도 큰 고기가 물리면 감당할 수 있을 만큼 기운이 센가요?"

"아마 그럴 게다. 그뿐 아니라 여러 가지 요령도 알고 있으니까."

"이 어구들을 집으로 운반해야겠어요."

소년이 재촉했다.

"제가 투망을 가지고 정어리를 잡으러 가려면 말이에요."

노인과 소년은 배에서 선구(船具)들을 챙겼다. 노인은 돛대를 어깨에 멨고 소년은 낚싯줄을 감아 넣은 나무 상자와 작살과 갈고리 대를 옮겼다. 미끼가 들어 있는 상자는 조각배의 그물에 매어 두었다. 그 옆에는 큰 고기를 배 위로 끌어올렸을 때 고기가 힘을 쓸 수 없도록 하는 곤봉이 가지런히 놓여 있었다. 그 누구도 노인의 물건을 훔치지는 않겠지만, 돛과 굵은 낚싯줄은 밤이슬을 맞아 상할 수 있으니 집으로 가져가야 했다. 노인은 이곳 사람들이 자기의 물건에 손을 대지 않으리라고 믿지만, 배에 방치된 갈고리와 작살은 혹시라도 마음의 유혹을 불러일으키는 계기가 될지도 모른다고 생각했다.

노인과 소년은 함께 길을 걸어올라 문이 활짝 열려 있는 노인의 통나무집으로 들어갔다.

노인은 돛을 둘둘 감은 돛대를 벽에 기대 놓았다. 돛대는 단칸방인 통나무집의 길이만 했다. 소년은 그 옆자리에 선구와 나무상자를 내려놓았다. 이 통나무집은 야자과의 상록교목으로 구아노라고 하는 나무의 껍질로 만들었다. 방 안에는 침대와 탁자, 의자가 각각 자리를 차지했고 흙바닥에는 숯으로 음식을 해 먹을 수 있는 장소가 마련되어 있었다. 질긴 섬유질의 구아노 잎을 여러 겹 포개서 반반하게 붙인 갈색 벽에는 채색된 그림이 두 장 걸려 있었다. 한 장은 성심(聖心)이란 제목의 그림으로 그리스도의 심장이 창에 찔리는, 인류에 대한 그리스도의 사랑을 상징한 것이다. 또 한 장은 코브레 성모 마리아의 그림이었다. 두 작품 모두 죽은 아내의 유품이었다. 이전의 벽에는 아내의 색 바랜 사진이 걸려 있었으나 울적한 마음이 들곤 해 떼어내 방구석 선반의 세탁한 속옷 밑에 넣어 두었다.

"뭘 드시겠어요?"

소년이 물었다.

"노란 쌀밥에 생선 어떠냐. 같이 먹지?"

"아니에요. 전 집에 가서 먹겠어요. 불을 피워 드리죠."

"내가 나중에 피울 거야. 아니면 그냥 찬밥을 먹어도 되고."

"투망을 가져가도 될까요?"

"암, 되고말고."

투망은 없었다. 소년은 투망을 언제 팔아 치웠는지도 생생하게 기억하고 있었다. 그러나 노인과 소년은 이런 능청맞은 거짓말을 매일 주고받았다. 노란 쌀밥과 생선도 있을리 없었다. 이것 역시 소년은 잘 알고 있었다.

"85라는 숫자는 재수 있는 숫자야. 행운을 불러오지."

노인이 말했다.

"내가 말이야, 내장을 빼고도 1,000파운드 이상 나가는 큰 놈을 잡아오면 어떻겠니?"

"전 투망으로 정어리를 잡으러 가야겠어요. 할아버지는 문 앞에서 햇볕을 쬐고 계세요."

"오냐. 어제 신문에 난 야구 기사나 읽어야겠다."

소년은 어제 신문이라는 게 꾸며 낸 이야기인지 아닌지 알 수 없었다. 그러나 노인은 침대 밑에서 신문을 꺼냈다.

"보데가(식료품점 혹은 주점을 뜻하는 스페인어)에서 페리

코가 주더구나."

노인이 말했다.

"정어리를 잡으면 돌아올게요. 할아버지 것과 제 것을 얼음에 보관했다가 아침에 나누기로 해요. 제가 돌아오면 야구 이야기를 해주세요."

"양키스가 이기는 장면이 눈에 선하구나."

"클리블랜드의 인디언스가 복병이에요. 안심할 순 없어요."

"얘야, 양키스에는 디마지오 선수가 있잖니. 위대한 디마지오!"

"저는 클리블랜드 인디언스도 만만치 않지만 디트로이트 타이거스 팀도 겁나요."

"정신 차리렴. 그러다간 신시내티의 레즈나 시카고의 화이트 삭스까지도 무서워 벌벌 떨게 되겠다."

"꼼꼼히 읽어 두셨다가 제가 돌아오거든 이야기해주세요."

"복권 한 장 사두면 어떻겠니? 끝 숫자가 85로 되어 있는 것으로 말이야. 내일이 바로 85일째 되는 날이거든."

"그것도 좋겠군요."

소년이 말했다.

"그렇지만 할아버지가 대기록을 세우신 87일은 어떻게 하고요?"

"그런 일은 두 번 다시 일어나지 않을 거야. 네가 85번 복권를 구할 수 있겠니?"

"주문하면 되지요."

"한 장만 사자꾸나. 2달러 25센트일 텐데, 그 돈을 누구한테 빌려오지?"

"문제없어요. 그 정도면 언제라도 빌릴 수 있어요."

"나도 빌릴 수는 있을 거야. 하지만 나는 빌리는 게 싫어. 네가 해 봐라. 잘 안 되면 사정을 해."

"할아버지, 몸을 따뜻하게 하고 계세요. 지금이 9월이라는 걸 잊지 마시고요."

"큰 물고기가 걸리는 계절이지. 5월은 누구나 어부 행세를 할 수 있는 달이지만."

"그럼 저는 정어리를 잡으러 가요."

소년이 말했다.

소년이 돌아왔을 때는 이미 해가 졌고 노인은 의자에 앉은 채 잠이 들어 있었다.

소년은 침대에서 낡은 군용 담요를 가져다가 의자 등받이에서 감싸듯이 노인의 어깨를 덮어주었다. 그 어깨는 비록 늙었지만 아직도 힘이 넘치는 것 같았다. 목에도 힘이 있어 보였다. 잠이 든 노인은 고개를 앞으로 숙이고 있었기 때문에 목의 주름살도 거의 눈에 띄지 않았다. 노인의 셔츠는 여러 번 기운 꼴이 그의 돛과 마찬가지였다. 기운 조각들은 햇볕에 바래서 다양한 색깔로 물들어 있었다. 노인의 머리카락 역시 하얗게 세었고, 눈을 감고 있는 얼굴도 살아 있는 형상이 아니었다. 무릎 위에는 신문이 펼쳐져 있었다. 신문은 산들바람에 펄럭였으나, 노인의 깡마른 팔에 눌려 날아가지 않았다. 발은 맨발이었다.

소년은 노인을 건드리지 않고 스쳐 지나갔다. 다시 돌아왔을 때도 노인은 여전히 잠들어 있었다. 소년은 노인의 무릎에 손을 살포시 얹고 말했다.

"할아버지, 일어나세요."

노인은 눈을 떴지만 깨어난 잠에서 정신을 차리느라고 시간이 걸렸다. 잠시 후 노인은 빙그레 미소를 지었다.

"무엇을 가지고 왔니?"

"저녁 식사예요."

소년이 말했다.

"이제 저녁을 드셔야죠."

"별로 배고프지 않은데."

"자, 어서 잡수세요. 먹고 기운을 내야 고기를 잡지요."

"전에도 그러기는 했지, 뭐."

그러면서 노인은 신문을 접고 담요를 개기 시작했다.

"담요는 그냥 두르고 계세요."

소년이 말했다.

"제가 살아 있는 한 할아버지가 굶으면서 고기잡이를 하게 내버려두진 않을 거예요."

노인은 미소를 지으며 말했다.

"그럼 오래오래 살도록 몸조심하려무나. 그런데 뭐 먹을게 있나?"

"검정 콩밥이 있고요, 바나나 튀긴 거랑 스튜도 조금 있어요."

소년은 테라스에서 이중으로 된 양은 그릇에 음식을 담아 가지고 왔다. 종이 냅킨으로 싼 나이프와 포크, 스푼 두

세트는 주머니 속에 들어 있었다.

"이건 누가 준 거니?"

"마틴 씨요. 주인 말이에요."

"고맙다고 인사를 해야겠구나."

"제가 드렸어요. 그러니까 할아버지가 또 하실 필요는 없어요."

"큰 고기를 잡으면 그 사람에게 감사의 표시로 고기 뱃살을 줘야겠다. 그 사람은 이번만이 아니고 전에도 여러 번 우리에게 친절을 베풀었지?"

노인은 말했다.

"그럴 거예요"

"그러면 뱃살보다 훨씬 맛있는 부위를 줘야겠구나. 그 사람은 우리에게 너무나 친절한 사람이야."

"맥주도 두 병 주셨어요."

"난 캔맥주를 아주 좋아하지."

"알아요. 하지만 이건 병맥주인 해티 맥주예요. 병은 돌려줄 거고요."

"정말 고맙기 이를 데 없구나. 자, 그럼 마시자."

"아까부터 잡수시라고 했잖아요."

소년이 상냥하게 말했다.

"할아버지가 드실 준비가 안 되신 것 같아 뚜껑도 열지 않고 있었어요."

"이제 준비됐다."

노인이 말했다.

"난 손 씻을 시간이 필요했던 거야."

'어디서 손을 씻으셨지?' 소년은 생각했다. 이 마을의 급수지(給水池)는 두 거리나 내려가야 있었다. 물을 가져와야 하는 것을, 비누와 수건도 필요한데, 왜 내가 이렇게 생각이 미치지 못했을까, 셔츠도 하나 더 필요하겠고, 겨울에 입으실 외투랑 신발, 그리고 담요도 한 장 장만해야겠구나, 하고 소년은 생각했다.

"오우, 스튜가 정말 맛있구나."

노인이 말했다.

"야구 이야기를 듣고 싶어요."

소년이 노인에게 말했다.

"아메리칸 리그에선 역시 내가 말한 대로 양키스가 최

고지."

노인은 만족스러운 표정이었다.

"양키스는 오늘 졌는데요."

"그런 건 아무렇지도 않은 거야. 위대한 디마지오가 다시 실력발휘를 할 테니까."

"그 팀엔 다른 선수들도 있잖아요."

"암 당연하지. 그러나 디마지오가 있으면 상황이 달라지 거든. 만약 다른 리그에서 브루클린하고 필라델피아 두 팀이 맞붙는다면 난 브루클린 쪽에 걸겠어. 물론 딕 시슬러가 그 옛날 구장에서 날린 굉장한 타구를 감안해야겠지만."

"정말 최고였어요. 그런 타격은 좀처럼 없었지요. 그렇게 큰 안타는 그가 처음인 것 같았어요."

"그가 늘 테라스에 나타나던 거 기억나니? 나는 그를 데려가서 낚시를 하고 싶었는데 워낙 소심해서 머뭇거리다 말도 못 붙였지. 그래서 너에게 부탁을 해서라도 그를 낚시에 데려가려고 했지만 너도 끝내 말을 붙이질 못했잖아."

"그랬죠. 제가 큰 실수를 했어요. 부탁을 했더라면 우리와 함께 낚시를 갔을지도 모르는 일인데. 그랬다면 우리에

겐 평생 자랑거리가 되었을 거고요."

"나는 저 위대한 디마지오를 고기잡이에 데려가고 싶은 마음이 늘 있단다."

노인이 말했다.

"그 사람 아버지가 어부라던데. 아마 그도 우리처럼 가난했나 봐. 그러니까 우리를 잘 이해해 줬을 텐데."

"위대한 딕 시슬러의 아버지는 가난을 겪어 본 적이 없대요. 그리고 저만 할 땐 벌써 메이저리그의 선수였다는데요 뭐."

"내가 네 나이였을 때는 가로돛을 단 큰 배의 선원으로 아프리카까지 갔었지. 저녁 무렵이면 해안을 어슬렁거리는 사자를 본 적도 있단다."

"알고 있어요. 저에게 이야기해주셨잖아요."

"아프리카 얘기가 좋을까, 아니면 야구 얘기를 해줄까?"

"야구 얘기요."

소년이 말했다.

"존 제이 맥그로 얘기를 듣고 싶어요."

소년은 조타(Jota)를 제이(J)로 줄여서 불렀다.

"그 맥그로도 옛날에는 테라스에 가끔 오곤 했지. 그런데 술만 마시면 난폭해지고 입도 거칠어서 다루기가 보통 힘든 상대가 아니었지. 야구만큼이나 경마에도 관심이 많았지. 늘 말 명단을 가지고 다니면서, 뻔질나게 전화통에 대고 말 이름을 외치곤 하더구나."

"그는 위대한 감독이었나 봐요. 우리 아버지가 그렇게 말씀하셨어요."

"그야 맥그로가 여기 여러 번 많이 왔으니까."

노인이 말했다.

"그렇지만 말이야, 두로체가 매년 이곳에 나타났더라면, 너의 아버지는 두로체가 가장 위대한 감독이라고 말했을 거다."

"그럼 정말 가장 위대한 감독은 누구예요? 마이크 곤잘레스예요, 루크예요?"

"뭐, 비슷비슷하지."

"그리고 누가 뭐래도 가장 훌륭한 어부는 할아버지고요."

"아니야, 나는 나보다 훌륭한 어부들을 많이 알고 있단다."

"케 바(스페인어로 어림없는 소리라는 뜻)."

소년은 고개를 흔들었다.

"솜씨 좋고 대단한 어부들도 있긴 해요. 하지만 세계 최고는 할아버지예요!"

"고맙구나. 네 말을 들으니 기분이 썩 좋아지는구나. 바라건대, 감당하기 어려운 너무 큰 고기가 나타나서 너의 생각을 저버리는 경우가 없었으면 좋겠구나."

"할아버지 말씀대로 이전처럼 여전히 힘이 세다면 그런 고기는 있을 수 없어요."

"어쩌면, 생각만큼 내 힘이 세지 않을지도 몰라. 하지만 나는 나만의 비법을 알고 있고 남다른 배짱도 있지."

"할아버지 그만 주무세요. 그래야 내일 아침에 또 기운이 솟아나죠. 전 이 그릇들을 테라스에 갖다놔야겠어요."

"그럼 잘 자거라. 아침에 깨우러 갈게."

"할아버진 제 자명종 시계잖아요."

소년이 말했다.

"세월이 흐르면 나이가 자명종 시계가 된단다."

노인이 대답했다.

"늙은이는 왜 그렇게 일찍 잠을 깨는지 몰라. 하루를 좀 더 길게 보내고 싶어서일까?"

"그건 잘 모르겠어요. 제가 아는 건 젊은 사람들은 늦도록 자도 잠이 모자란다는 것이지요."

"나도 알아. 제 시간에 깨워 줄 테니 염려하지 마라."

"저는 주인아저씨가 깨워 주는 건 싫어요. 제가 그 사람보다 못난 것 같은 생각이 들거든요."

"그래, 알았다."

"할아버지, 그럼 안녕히 주무세요."

소년은 나갔다. 두 사람은 불도 켜지 않은 채 식사를 한 것이었다. 노인은 바지 속에 신문지를 둘둘 말아 넣어 베개로 삼고 바지를 벗은 후 침대 스프링 위에 낡은 신문지를 깔아 놓은 침대에 누웠다.

노인은 금세 잠들었고 소년 시절에 갔던 아프리카의 꿈을 꾸었다.

황금빛으로 빛나는 긴 해변과 눈이 부실 정도로 새하얀 해변, 높이 솟은 갑(岬)과 거대한 갈색 산봉우리들이 장관이었다. 노인은 밤마다 꿈속에서 이 해안을 방황하였다. 꿈속에서 바닷가 갯바위에 부딪치는 파도 소리를 들었다. 파도

029

를 헤치고 노를 저어 오는 원주민의 배도 보았다. 갑판에서 나는 타르 냄새와 뱃밥 냄새를 맡았고, 아침이면 뭍바람에 실려 오는 미풍 속에서 아프리카의 냄새를 맡았다.

여느 때 같으면 노인은 뭍바람 냄새를 맡으며 잠자리에서 일어나 옷을 챙겨 입고 소년을 깨우러 갔을 것이다. 그러나 오늘 밤에는 뭍바람 냄새가 너무 일찍부터 풍겨 왔다. 그는 꿈속에서 바람이 너무 일찍 오는구나, 하고 의식하면서도 계속 잠을 자며 꿈을 꾸었다. 섬들의 하얀 산봉우리가 바다 위로 솟아 있는 광경을 보았고, 이어서 카나리아 군도의 여러 항구와 정박소들이 꿈속에 나타나고 있었다.

노인의 꿈속에 폭풍우나 여자, 큰 사건은 더 이상 나타나지 않았다. 큰 물고기 꿈도, 싸움이나 힘겨루기에 관한 꿈도, 그리고 죽은 아내 꿈도 꾸지 않았다. 다만 여기저기 각기 다른 장소나 해변에서 어슬렁거리는 사자들 꿈만 꿀 뿐이었다. 사자들은 해 질 무렵이면 새끼 고양이처럼 뛰어놀았고, 노인은 소년을 사랑하는 만큼이나 사자들을 사랑했다. 그러나 결코 소년의 꿈을 꾼 적은 없었다. 문득 잠에서 깬 노인은 열린 문틈으로 달을 내다보다가 둘둘 말려 있던 바지를 펴서 입었다. 그러고는 밖으로 나가 오줌을 눈 후, 소년을 깨우러 길을 걸어 올라갔다. 새벽 한기는 노인의 몸에 오한을 느끼게 했다. 그러나 이렇게 떨다 보면 차츰 몸이 따뜻해질 것이고, 게다가 곧 바다에서 노를 젓게 될 것이라는 사실을 노인은 알고 있었다.

소년의 집 대문은 잠겨 있지 않았다. 노인은 가만히 문을 열고 맨발로 조용히 걸어 들어갔다. 소년은 첫 번째 방 간이 침대에서 자고 있었다. 기울어가는 어렴풋한 달빛 속에서 노인은 잠자는 소년의 모습을 또렷이 볼 수 있었다. 그는 소년의 한쪽 발을 가만히 쥐었다. 소년이 눈을 뜨고 얼굴을 돌려 자기를 볼 때까지 꼭 쥐고 있었다. 잠시 후, 소년이 눈을 뜨더니 노인을 바라보았다. 노인은 조용히 고개를 끄덕였고 소년은 침대 옆 의자에서 바지를 집어 들어 입었다. 노인이 문밖으로 나오자 소년도 뒤따라 나왔다. 소년은 잠이 부족했다. 노인은 소년의 어깨에 팔을 감싸 안으며 말했다.

"미안하구나."

"천만에요. 남자라면 그 정도는 해야죠."

두 사람은 노인이 사는 오두막집으로 내려갔다. 어둑한

길에는 맨발의 사내들이 자기 배의 돛대를 메고 가는 모습이 보였다. 노인의 오두막집에 이르자, 소년은 낚싯줄이 든 바구니와 작살 그리고 갈고리 대를 들었고, 노인은 돛이 감긴 돛대를 어깨에 멨다.

"커피 드시겠어요?"

소년이 물었다.

"이것들을 배에 싣고 나서 마시자꾸나."

두 사람은 어부들을 위해 아침 일찍 문을 여는 음식점에 가서 연유통으로 커피를 마셨다.

"할아버지는 어젯밤 편히 주무셨어요?"

소년이 물었다. 소년은 아직도 졸음에 취해 있는 듯했지만 이제 조금씩 정신이 드는 모양이었다.

"아주 잘 잤지, 마놀린."

노인이 대꾸했다.

"오늘은 자신만만하구나."

"저도 그래요. 그럼 할아버지와 제 몫의 정어리를 챙겨야겠어요. 할아버지의 싱싱한 새 미끼도요. 우리 배의 물건들은 주인이 직접 나르세요. 절대 남이 옮기게 내버려두지 않아요."

"우리는 다르지. 나는 네가 다섯 살 때부터 물건을 나르게 했으니까 말이야."

"그랬죠."

소년은 고개를 끄덕이며 말했다.

"얼른 갔다 올게요. 그동안 커피 한 잔 더 들고 계세요. 여기는 외상이 통하잖아요."

소년은 맨발로 산호 바위를 걸어서 미끼를 저장해 맡겨 둔 얼음 창고로 갔다.

노인은 느긋하게 커피를 마셨다. 이것이 그가 먹을 수 있는 하루 양식의 전부였기에 노인은 그것을 마셔 두어야 한다는 사실을 명심했다. 벌써 오래전부터 먹는 것이 귀찮아진 노인은 점심을 가지고 나가지 않았다. 조각배의 뱃머리에 늘 놓아 두는 물 한 병만으로도 하루를 견뎌내기에 충분했다.

소년은 정어리와 신문지에 싼 미끼를 가지고 돌아왔다. 두 사람은 자갈이 섞인 모래의 감촉을 느끼면서 오솔길을 따라 배가 있는 곳으로 걸어갔다. 그리고 조각배를 들어 바닷물에 띄웠다.

"할아버지, 행운을 빌어요."

"오냐, 고맙다."

노인이 대답했다.

노인은 노를 잡아맨 밧줄을 노받이 말뚝에다 동여매고 노를 철썩 물에 담그면서 몸을 앞으로 숙이고 손에 힘을 주어 어둠 속 항구 밖으로 노를 저어나갔다. 벌써 몇 척의 다른 배들도 바깥 바다를 향해 나아가고 있었다. 달이 산 너머로 져버려 그 배들을 볼 수는 없었지만, 노인의 귀에는 노 젓는 물소리가 똑똑히 들려왔다.

이따금 배에서 사람의 말소리가 들려오기도 했다. 그러나 대개의 배는 침묵 속에서 노 젓는 소리만 들릴 뿐이었다. 이윽고 항구를 빠져나간 배들은 제각기 흩어져 물고기가 잡힐 것이라고 짐작되는 바다 쪽으로 나아갔다.

노인은 멀리 가 볼 생각이었으므로 육지의 냄새를 뒤로 한 채 싱그러운 새벽 냄새가 꽉 찬 태양 속으로 노를 저어 나갔다. 한참 만에 어부들이 큰 우물이라고 부르는 곳까지 왔을 때, 노인은 순간 긴장하였다. 깊은 물속에서 인광(燐

光)을 발하는 해초를 발견했기 때문이다. 이곳이 큰 우물이라고 불리는 이유는 수심이 갑자기 200미터나 깊어지기 때문이다. 거센 조류가 해저의 가파른 경사면에 부딪쳐 생기는 소용돌이로 온갖 종류의 물고기가 몰려들었다. 새우와 새끼고기들이 떼를 지어 있고, 깊숙한 곳에서는 오징어 떼도 발견되었다. 이들은 밤이 되면 수면으로 떠 올라와 주위를 떠돌아다니던 큰 고기들의 먹이가 되곤 했다.

노인은 어둠 속에서도 아침이 오는 것을 느꼈다. 노를 저으며 날치가 몸을 부르르 떨며 수면 위로 솟구치는 소리와 빳빳이 날개를 세워 밤하늘을 날며 내는 쉿쉿 소리를 들었다.

노인은 날치를 바다에서 제일가는 친구로 삼아 무척이나 좋아했다. 새들은 가엾다. 특히 어두운 빛깔을 띤 작고 연약한 제비갈매기는 늘 먹이를 찾아 날아다니지만 얻는 것이 없어서 더 가엾다는 생각이 들었다.

'새들은 우리보다 더 고달픈 생활을 하고 있군. 파리매라던가 힘 센 새는 제외하고 말이야. 하지만 이렇게 험하고 잔인한 바다 위에 왜 저런 연약하고 예쁜 제비갈매기 같은 새들을 만들어 냈을까. 바다는 아름답고 다정하기도 하지만 갑자기 돌변하여 잔인해질 수도 있는데. 그런데도 저 새들은 작고 구슬픈 소리로 울면서 날다가 거친 파도의 수면에 주둥이를 처박고 먹이를 찾지. 저 새들이 이 험한 바다에서 살기에는 너무 연약하게 만들어진 게 아니냔 말이야.'

노인은 바다를 생각할 때마다 '라 마르(la mar)'라는 말을 떠올렸다. 그것은 사람들이 애정을 가지고 바다를 부를 때 쓰는 스페인 말이었다. 바다를 사랑하는 사람들도 때로는 바다를 저주하기도 한다. 그런 경우, 바다는 여성이라는 느낌이 그들의 정서에서는 강하다.

젊은 어부들 중에는 낚싯줄 대신 부표를 사용하는 이들도 있었고, 상어의 간으로 돈을 많이 벌어 모터보트를 사들인 패거리 중에는 '엘 마르(el mar)'라고 하여 바다를 남성으로 부르는 축도 있었다. 그들에게 바다는 투쟁의 대상이었으며 작업장이었고, 심지어는 적이기도 하였다. 그러나 노인은 언제나 바다를 여성으로 생각하였다. 바다는 은혜의 축복을 내리며 많은 것을 간직하고 있는 그 무엇이었다. 비록 바다가 사나워져서 재앙을 몰고 오는 경우가 있더라도 그것은 바다로서도 어쩔 수 없는 일이라고 짐작되었다. 여인이 달의 영향을 받는 것처럼 바다도 달의 영향에서 자유로울 수 없다고 생각했다.

　노인은 쉼 없이 노를 저었다. 자기의 힘이 미치는 한도 안에서 노를 저어 가는 동안은 별로 큰 힘이 들지 않았다. 게다가 해류가 이따금 소용돌이치는 곳을 제외하고는 바다는 아주 잔잔하였다. 노인은 노 젓는 힘의 3분의 1을 조류에 떠맡기고 흘러갔다. 날이 밝을 무렵에는 그 시간에 나오려 했던 거리보다 훨씬 더 멀리 나와 있음을 알게 되었다.

　'일주일 동안이나 이곳 깊은 우물에서 고기잡이를 했지만 허탕인 적이 있었지.' 노인은 생각했다. 오늘은 가다랑이나 다랑어 떼가 몰리는 곳에 그물을 내려 봐야겠다. 큰놈이 있을지도 모르니까.

　노인은 날이 밝기도 전에 벌써 미끼를 드리우고 조류의 흐름대로 배가 떠다니도록 내버려 두었다. 첫 번째 미끼는 마흔 길 깊이에 내렸다. 두 번째 것은 일흔다섯 길 되는 곳에, 세 번째와 네 번째 미끼는 각각 100길과 100 하고도 스물다섯 길이나 되는 푸른 바닷속에 내렸다.

미끼고기는 각각 머리를 아래로 향하도록 하여 낚싯바늘의 한가운데에 꿰매듯 단단히 붙여 놓았다. 바늘의 튀어나온 곡선이나 끝 부분에는 모두 싱싱한 정어리로 싸 두었다.

굽은 강철 바늘에 두 눈을 꿰뚫린 정어리들은 반원형 화환 모양을 하고 있었다. 낚싯바늘 그 어느 부분에서도 커다란 물고기가 향긋한 냄새와 달콤한 맛을 느끼지 않을 곳이 한 군데도 없는 셈이었다.

소년에게서 받은 싱싱한 다랑어 새끼 두 마리는 깊숙이 드리운 두 개의 낚싯줄에 추처럼 매달아 놓았고, 또 다른 낚싯줄에는 푸른빛의 큰 전갱이와 노란빛이 나는 연어를 매달았다. 전에 한 번 사용했던 것이지만 아직 성했기 때문에 냄새를 풍겨서 고기를 유혹하려고 싱싱한 고등어와 함께 물속에 매단 것이었다. 큰 연필만큼 굵은 줄은 초록빛 칠을 한 막대기에 묶어 놓아 고기가 미끼를 물기만 하면 막대기는 물속으로 들어가게 되어 있었다.

모든 그물에 각각 마흔 길짜리 밧줄이 달렸고, 그것은 또 다른 밧줄과 연결하도록 되어 있어 필요한 경우 고기는 낚시줄을 300길이 넘게 끌고 다닐 수도 있었다.

이제 노인은 뱃전 너머로 낚시찌 세 개가 기우는지 지켜
보면서, 가만가만 노를 저어 낚싯줄이 적당한 수심에서 위
아래로 팽팽하게 늘어지도록 했다. 날이 꽤 밝아져서 금방
이라도 해가 떠오를 것만 같았다. 햇살이 바다 위를 비추자
노인은 다른 배들을 볼 수 있었다. 수면에 바짝 붙어 있는
배들은 해안을 배경으로 하여 조류 너머로 한가로이 흩어
져 있었다. 태양은 서서히 빛을 발해 갔다. 바다 위에 환한
빛을 쏟아 놓는가 했더니 바로 다음 순간 완전히 떠올라서,
바다가 반사하는 빛에 눈이 아플 지경으로 부셨기 때문에
노인은 얼굴을 돌린 채 노를 저었다. 노인은 한 손으로 반
사 빛을 가리고 물속을 들여다봤다.

그리고 바다 깊숙이 팽팽하게 드리운 낚싯줄을 살폈다.
노인은 그 누구보다 낚싯줄을 팽팽히 드리웠는데, 그래야
어두운 바닷속에서 자기가 원하는 정확한 지점에 미끼를
내리고 그곳을 지나가는 물고기를 잡을 수 있기 때문이다.
대개의 어부들은 낚싯줄이 조류에 떠다니도록 내버려 두기
때문에 미끼가 100길은 내려가 있다고 생각하지만 실은 예
순 길 정도에서 미끼가 떠돌기 일쑤였다. 고기잡이의 미숙

함을 여실히 증명하는 모습이다.

노인은 생각했다. '나는 정확해. 틀림없지. 다만 운이 좀 없다 뿐이지. 하지만 누가 알아? 어쩌면 오늘은 운이 좋을지도. 아무튼 매일매일이 새날이 아닌가 말이야. 운이 따른다면 더 좋기는 하지. 그래도 나는 신중을 기하겠어. 운은 준비된 자에게 찾아오는 법이니까.'

해가 떠오른 지 두 시간쯤 지났다. 이제는 동쪽을 보아도 별로 눈이 부시지 않았다. 노인의 눈에 배는 세 척밖에 보이지 않았다. 그것도 멀리 해안선 쪽으로 수면에 낮게 엎드려 있었다.

노인은 생각했다. '평생 봐 온 아침 햇빛이 내 눈을 상하게 했지. 그래도 내 눈은 아직 끄떡없어. 저녁 해는 똑바로 바라보아도 아무렇지도 않아. 지금보다 더 강한 햇살을 발하는데도 말이야. 하지만 아침 해가 눈을 아프게 하는 것만은 사실이야.'

바로 그때 군함새 한 마리가 검고 긴 날개를 펴고 앞쪽 바다 하늘을 맴도는 것이 보였다. 새는 날개깃을 치켜들고 급강하해서 수면에 닿을 듯 하다가 다시 몸을 돌려 하늘로 솟구쳐 올랐다.

"저놈이 뭘 봤구나."

노인이 큰 소리로 지껄였다.

"저놈이 그냥 먹잇감만을 찾는 게 아니야."

노인은 새가 맴돌고 있는 쪽으로 천천히 배를 저었다. 서두르지 않으면서 낚싯줄이 계속 아래위로 팽팽히 당겨지도록 하면서 저어갔다. 다만 확실히 고기를 잡고 싶었기 때문에, 얼마만큼 조류를 거슬러 가면서 빠르게 노를 저었다. 군이 서두를 것까진 없었으나 새를 이용하여 낚아 보고 싶은 마음이 생긴 것이다.

새는 하늘 높이 올라가더니 날개를 움직이지 않은 채 한동안 공중을 맴돌았다. 그러다 갑자기 수면으로 급강하했다. 그때 노인은 날치가 튀어 올라 수면 위를 필사적으로 날아가는 모습을 보았다.

"돌고래로군."

노인이 큰 소리로 말했다.

"큰 놈이야!"

노인은 노를 거두어들이고는 뱃머리 밑창에서 가는 낚

싯줄을 꺼냈다. 철사로 된 목줄에는 중간 크기의 바늘이 달려 있었고, 노인은 거기에 정어리 한 마리를 미끼로 달았다. 낚싯줄을 뱃전 너머로 던지고 뱃고물 쪽 고리에 단단히 동여맸다. 그런 다음, 또 다른 낚싯줄에 미끼를 달아 뱃머리 안쪽 그늘진 곳에 둘둘 말아 놓았다.

노인은 다시 노를 저으면서, 날개가 긴 검은 새가 수면 위를 낮게 날며 먹이를 쫓는 모습을 지켜보았다. 노인이 지켜보고 있자니 새는 날치의 뒤를 쫓으면서 초조한 듯이 사납게 날개를 퍼덕거렸다. 그 순간, 노인의 눈에 해면에 아슬아슬하게 부풀어 오르는 물체가 눈에 들어왔다. 커다란 돌고래 무리가 날치 떼를 쫓아 수면으로 올라온 것이다.

돌고래는 날치 떼의 바로 밑에서 전속력으로 물살을 가르면서 날치 떼를 쫓았다.

날치가 해면에 떨어지면 그대로 돌고래의 밥이 되는 것이다. '굉장한 돌고래 떼로군.' 노인은 생각했다. 돌고래 무리는 아주 넓은 범위에 흩어져 있어서 날치가 도망갈 길은 없었다. 하늘에서 쫓는 새도 먹이를 차지할 가망은 없다. 그 새에게 날치는 너무 큰 먹이였고, 게다가 너무 빨랐다. 튀어

오르는 날치를 채어 잡아 보려고 애쓰는 새의 헛된 동작을 보면서 돌고래 떼는 노인에게서 너무 멀리 도망갔다. 하물며 그놈들은 너무 빨리 그리고 너무 멀리 달아나고 있었다. 노인은 생각했다. '그러나 한 마리쯤은 무리에서 뒤처진 놈이 있을 것이다. 그리고 내가 노리는 큰 고기는 돌고래 떼 근처에 있을 테니까. 틀림없어.'

육지 쪽에서 뭉게구름이 피어났다. 푸른 선으로 나타난 해안 위로 푸른 기운이 도는 산들이 얹혀 있었다. 그리고 바닷물은 검푸른 빛이었다. 너무 검푸르러 보랏빛으로 보였다.

들여다본 어두운 물속에는 흩뿌려 놓은 듯한 붉은 플랑크톤이 떠 있고, 태양 광선이 만든 기묘한 무늬가 어렴풋이 보였다. 노인은 어두운 물속으로 낚싯줄을 드리우고 그것이 똑바른지 눈여겨보았다. 그리곤 이내 그의 입가에 만족스런 미소가 그려졌다.

플랑크톤이 많은 곳에는 반드시 많은 고기가 몰린다. 높이 떠오른 태양이 비추는 물속의 기묘한 광선의 무늬를 볼 수 있는 것은 날씨가 좋다는 증거이며, 육지의 구름 형태를 보아도 그것을 알 수 있었다. 새의 모습은 보이지 않았다. 먼 바다 위로 보이는 것은 아무것도 없었다. 눈에 보이는 거라곤, 조각배 바로 곁의 햇살을 받아 노랗게 바랜 해초와 제법 형태를 갖춘 보랏빛 고깔해파리의 아교질 둥근 주머니들뿐이었다. 그것들은 모두 누웠다가 다시 곧추서는 것을 반복하였다. 거무스름한 보랏빛의 고깔해파리들은 1미터가량의 촉수를 길게 늘어뜨리고 물거품처럼 한가로이 둥실둥실 떠다녔다.

"아구아 마라(스페인어로 독즙이라는 뜻)."

노인이 중얼거렸다.

"더러운 몸종 같으니라고."

노인은 노를 가볍게 저으며 물속을 들여다보았다. 촉수와 같은 색깔의 조그만 물고기들이 해파리 아래 생긴 그늘에 무리지어 있거나 늘어진 촉수 사이에서 헤엄치고 있었다. 이 고기들은 해파리 독에 대한 면역이 있었지만 사람은 그렇지 못했다. 해파리의 끈적끈적하고 가느다란 보랏빛 촉수가 엉켜 붙은 낚싯대를 만지게 되면 손과 팔에 물집 같은 상처가 생긴다. 마치 옻나무의 독이 오른 것과 비슷하며 통증 또한 심했다. 게다가 이것은 채찍 자국과도 같은 흠집을 만들었다.

무지갯빛 해파리는 아름답다. 그러나 이것은 바다에서도 가장 허황되기 짝이 없는 것이었다. 노인은 큰 바다거북이 해파리를 잡아먹는 모습을 보면 무엇보다 즐거웠다. 바다거북은 해파리를 보면 정면으로 다가가, 눈을 질끈 감고 몸은 등껍질 속에 완전히 숨긴 채 촉수까지 먹어 치웠다. 노인은 바다거북이 해파리를 먹어 치우는 모습을 구경하는 것이 즐거웠다. 폭풍우가 한차례 지나간 후, 해안에 떠밀려 온 해파리들을 뿔같이 딱딱하게 굳은 발뒤꿈치로 밟아 퍽퍽 터뜨릴 때 나는 소리를 들으며 걷는 것은 아주 기분 좋은 일이었다.

노인은 푸른 바다거북과 대모거북을 좋아했는데, 이들은 우아하고 빠른 데다 몸값도 꽤 나갔기 때문이다. 하지만 크고 우둔한 왕바다거북에게서는 친밀감과 동시에 혐오감도 느껴졌다. 이놈은 누런 껍데기를 뒤집어쓰고 있었고, 암컷과 교미를 할 때도 동작이 영 볼품없었다. 그리고 이놈은 눈을 질끈 감은 채 고깔해파리를 꿀꺽꿀꺽 잘도 삼켜버리곤 하였다.

　노인은 지금까지 몇 년간 바다거북을 잡는 배를 탔지만 바다거북에 대해서는 아무런 신비로움을 느낄 수 없었다. 그저 그들이 가엾다는 생각이 들곤 했다. 심지어 길이가 지금 타고 있는 배만 하고 무게가 1톤이나 나가는 거대한 거북도 있었으나 가엾긴 마찬가지였다. 바다거북의 심장은 떼어낸 후 몇 시간이 지나도 살아 있을 때처럼 고동을 쳤다. 노인은 내 심장도 이것과 비슷하려니 했고 손발도 거칠기 이를 데 없는 이놈들의 것과 같다고 생각했다. 바다거북의 흰 알은 노인의 보양식으로 그만이었다. 9월과 10월의 본격적인 고기잡이를 위해서 5월 한 달간은 매일처럼 바다거북 알을 먹었던 것이다.

　그리고 또 노인은 어부들이 선구를 맡겨 두는 오두막집의 드럼통에서 간유(肝油)를 매일 한 잔씩 마셨다. 간유는 원하는 사람이면 누구나 언제든지 먹을 수 있도록 그곳에 있었다.

　그러나 대부분의 어부들은 그 맛을 싫어해서 먹기를 꺼렸다. 싫은 정도로 치자면 어부들이 아침 일찍 일어나야 하는 괴로움에 비할 바는 아닐 것이다. 상어의 간유는 눈에 좋았고 감기에도 효력이 있었다.

노인은 하늘에서 새가 맴도는 것이 보였다.

"저놈이 물고기를 찾았구나."

노인이 큰 소리로 말했다.

날치가 해면을 박차고 날아오르는 것도, 미끼 고기가 흩어져 있는 것도 아니었다. 그러나 노인이 지켜보는 동안 작은 다랑어가 허공으로 뛰어올랐다가 몸을 돌려 머리를 거꾸로 처박으며 물속으로 떨어졌다. 햇빛을 받은 다랑어의 비늘이 은색으로 빛났다. 한 마리가 물속으로 떨어지자 다른 놈들도 연달아 뛰어올랐다가는 물속으로 곤두박질쳤다. 다랑어 떼가 사방에서 물을 이리저리 휘젓고 다니며 미끼 고기를 따라 길게 뛰었다. 미끼고기 주위를 맴돌면서 뒤쫓는 것이었다.

노인은 '저놈들이 너무 빨리 가지만 않는다면 나도 쫓아가겠는데.' 하고 생각했다. 노인은 하얀 물거품을 일으키는 다랑어 떼와 수면으로 떠오른 미끼고기를 향해 새가 물속에 첨벙 주둥이를 담그는 광경을 지켜보았다.

"새는 큰 도움이 된다니까."

그때였다. 한 번 감아서 밟고 있던 뱃고물 쪽 낚싯줄이 팽팽해졌다. 노인은 노를 내려놓고 낚싯줄을 꽉 잡아 끌어당기면서, 줄을 물고 온몸을 부르르 떠는 작은 다랑어의 무게를 느꼈다. 줄을 당길수록 진동은 더욱 커졌다. 물속에서 고기의 푸른 등과 황금빛 옆구리가 보이자 힘껏 잡아당겨 고기를 뱃전 안쪽으로 낚아챘다.

뱃고물 밑바닥에 떨어진 다랑어는 햇빛을 받아 빛이 났다. 몸이 탄탄하고 총알처럼 생긴 물고기, 놈의 어리석은 눈은 활짝 열려 무엇을 바라보고 있는지 초점이 없다. 미끈하고 날렵한 꼬리를 민첩하게 움직여 파닥거리면서 배 바닥 널빤지를 세차게 내리쳐 스스로 생명을 단축하고 있었다. 노인은 동정을 베푼다는 생각으로 그놈의 대가리를 두들겨 아직 떨고 있는 놈을 배의 구석으로 차 넣었다.

"다랑어야."

노인이 큰 소리로 말했다.

"훌륭한 미끼가 되겠군. 족히 10파운드는 나가겠는걸."

노인이 도대체 언제부터 이렇게 큰 소리로 혼잣말을 시

작했는지 알 수 없었다.

예전에 그는 혼자 있을 때 곧잘 노래를 부르곤 했다. 스멕크선이나 거북잡이 배를 탔을 때, 당번이 되어 혼자 키를 잡으면 간혹 노래를 불렀던 것이다. 그러나 큰 소리로 혼잣말을 하기 시작한 것은 아마 소년이 배를 떠나고 나서부터인 듯했다. 확실한 기억은 아니다. 노인과 소년이 함께 고기잡이를 할 때에는 지극히 필요한 경우에만 서로 말을 했다. 두 사람이 이야기를 주고받는 경우는 주로 밤이었으며, 혹은 기상악화로 날씨가 나빠 배를 띄울 수 없을 때였다. 바다 위에서는 쓸데없는 말을 지껄이지 않는 것을 미덕으로 여겼고, 노인도 당연하게 생각했기 때문에 그것을 몸소 실천했다. 하지만 지금은 신경 쓸 사람이 없기 때문에 몇 번이고 자신의 생각을 큰소리로 지껄여댔다.

"남들이 내가 혼자 지껄이는 것을 들으면 미쳤다고 하겠지."

노인이 큰 소리로 말했다.

"하지만 나는 미치지 않았으니 상관없어. 돈 많은 사람들은 배에 라디오를 들여다 놓고 시끄럽게 굴곤 하잖아. 야구

중계도 듣고 말이야. 아니야, 지금은 야구 생각을 할 때가 아니지."

노인은 고개를 가로저었다.

"지금은 단 한 가지만 생각할 때야. 내 평생 해 온 고기잡이 말이야. 저 다랑어 떼 주변에 큰 고기가 분명히 있을 거야. 나는 다만 먹이를 먹다가 무리에서 뒤처진 다랑어 한 마리를 잡았을 뿐이야. 저놈들은 멀리에서 와서, 그리고 빠르게 가고 있는 거야. 오늘 수면에 나타난 것들은 모두 북동쪽으로 빠르게 이동하잖아. 이건 혹시 일진 탓일까? 아니면 내가 모르는 무슨 날씨의 징조인가?"

노인의 눈에 이제 더는 해안선의 푸른빛은 보이지 않았다.

다만 푸른 산봉우리들은 마치 눈에 덮인 것처럼 하얗게 이어졌으며, 그 위로 높이 솟아오른 설산의 봉우리처럼 흰 구름이 피어올라 있었다. 바다는 어두컴컴했고 물속에 비친 햇빛은 굴절을 일으키며 형형색색으로 반짝거렸다. 무수한 플랑크톤 무리도 내리쬐는 햇볕에 사라져버렸고, 이제 노인의 눈에 보이는 것이라고는 푸른 바다 깊은 곳을 비치는 아련한 빛의 굴절과 1.5킬로미터나 되는 바닷속으로 똑바로 드리운 낚싯줄뿐이었다.

다랑어 떼는 보이지 않았다.

어부들은 그런 종류의 물고기는 모두 다랑어라고 불렀는데, 다랑어를 사고팔 때나 미끼고기와 맞바꿀 때에만 제대로 구별해서 그 이름을 불렀다.

햇살이 내리쬐었다. 노인은 목덜미가 뜨거워짐을 느꼈다. 노를 저으니 땀방울이 등을 타고 흘러내렸다. 노인은 이제 배는 조류에 맡겨야겠다고 생각했다. 그리고 잠깐 눈을 붙일 채비를 하며 스스로에게 말했다. '낚싯줄을 발가락에 감아 두면 잠결에서도 깰 수 있잖아. 그리고 오늘은 85일째니까 무슨 일이 있어도 큰 놈을 잡아 올려야만 해.'

바로 그때, 수면 위에 나와 있던 초록색 막대기가 물속으로 쑥 들어가는 것이 보였다.

"왔구나."

노인이 말했다.

"알았어."

배에 세게 부딪치지 않도록 노를 살짝 거두어들였다. 그리고 팔을 뻗어 오른손 엄지손가락과 집게손가락으로 낚싯줄을 살짝 잡았다. 잡아당기는 맛도 무게도 느껴지지 않았다. 다만 가만히 누르고 있는 것이다. 이윽고 느낌이 왔다. 이번에는 시험 삼아 건드려보는 정도였다. 강도도 무게도 느껴지지 않지만 노인은 이것이 무엇인지 정확하게 알 수 있었다. 100길이나 되는 바다 밑에서는 청새치가 작은 다랑어의 입에 꿴 갈고리에 주렁주렁 매달린 정어리 무더기를 맛보고 있는 것이다.

노인은 낚싯줄을 조심스럽게 잡고 왼손으로 막대찌에 묶인 줄을 가만가만 풀어냈다. 이제 낚싯줄을 얼마든지 풀어서 물고기가 아무런 저항도 느끼지 못하게 할 수 있었다. '이렇게 먼 바깥 바다까지 나온 데다 지금은 9월이니 큰 놈이 틀림없어.' 노인은 생각했다.

'자, 잡수시오, 고기님. 마음껏 드시라고. 제발 실컷 잡수시라고. 미끼나 너나 얼마나 싱싱하겠느냐. 그런데 넌 100길이나 되는 차가운 물속에서 망설이다니. 그 어둠 속을 한 바퀴 휘돌고 와서 덥석 먹으려무나.'

노인은 느꼈다. 처음엔 조심스럽고 가볍게 줄을 당기더니 그다음에는 더 강하게 당기는 힘이 느껴졌다. 아마도 정어리 대가리를 낚싯바늘에서 떼어내기가 버거운 모양이었다. 그러고는 다시 조용해졌다.

노인이 소리쳤다.

"자, 한 바퀴 더 돌아와요. 구수한 냄새 좀 맡아 보시오. 굉장하지 않나요? 이번에는 단단히 잡수셔야 해요. 다랑어도 있잖아요? 얼마나 싱싱하고 맛있게 생겼느냔 말이에요. 체면 차릴 것 없다니까! 고기님, 고기님, 어서 잡수세요."

노인은 엄지손가락과 집게손가락으로 낚싯줄을 쥐고 가만히 기다리며 지켜봤다. 물고기가 이리저리 옮겨 다닐 수 있으니 다른 줄도 동시에 눈여겨보았다. 잠시 후 좀 전과 같이 조심스레 잡아당겨지는 느낌이 왔다.

"이번에는 먹을 거야."

노인이 큰 소리로 지껄였다.

"제발 잡수세요 고기님."

그러나 물고기는 미끼를 물지 않았다. 도망가버렸는지 아무런 반응이 없었다.

"가버릴 리가 없는데."

노인은 중얼거렸다.

"절대로 갔을 리 없어. 한 바퀴 도는 중일 거야. 혹시 바늘에 걸린 적이 있어서 그것을 기억하는지도 모르지."

그때 낚싯줄에 가벼운 반응이 왔다. 노인은 긴장했다.

"그렇지, 한 바퀴 돌았던 거지!"

노인은 다시 말했다.

"이제는 틀림없이 덤벼들겠지."

말이 떨어지기가 무섭게 강하면서 믿어지지 않을 만큼 육중한 무게가 온몸으로 느껴져 왔다. 그것은 틀림없는 고기의 무게였다. 노인은 낚싯줄을 점점 더 풀어주기 시작했다. 감아놓은 여분의 낚싯줄도 계속 아래쪽으로 풀려나갔다. 낚싯줄이 풀리며 손가락 사이를 가볍게 스쳤고, 엄지손가락과 집게손가락에 아무런 저항도 없었으나, 좀 전의 중량감은 분명히 느낄 수 있었다.

"대단한 놈이로군."

노인이 중얼거렸다.

"이제는 미끼를 옆으로 물고 달아날 셈이로구나."

'이놈이 한 바퀴 돌고 나서 미끼를 삼킬 작정이로구나.' 하고 노인이 생각했다. 그러나 그런 생각을 소리 내어 말하지는 않았다. 왜냐하면 좋은 일은 말을 하면 대부분 일어나지 않는다는 것을 알기 때문이다. 물고기가 보통 큰 놈이 아니라는 것을 알아챈 노인은 어두운 물속에서 다랑어를 가로문 채 달아나려는 놈의 모습이 눈에 선했다. 그 순간, 물고기가 딱 멈추는 것이 느껴졌다. 하지만 묵직한 느낌은 여전히 손에 남아 있었다. 더욱 무겁게 압박해 오는 무게에 노인은 빠르게 줄을 더 풀어주었다.

"이놈이 드디어 삼켜버렸군. 잘 삼키도록 해줘야지."

노인의 손가락 사이로 줄이 풀려 내려갔다. 왼손을 뻗어서 두 개의 여분 낚싯줄을 또 다른 두 개의 예비 낚싯줄에다가 단단히 잡아맸다. 이제 준비는 완벽하게 끝난 것이다. 지금 풀고 있는 낚싯줄 외에도 마흔 길짜리 여분의 낚싯줄이 세 개나 더 있었다.

"좀 더 삼키시지. 목구멍 깊숙이까지 꿀꺽 삼키시라고."

'낚싯바늘이 너의 심장 깊숙이 박혀 너의 목숨을 앗아가도록 삼키고 또 삼켜라.' 하고 노인은 생각했다. '자, 이젠 순순히 떠올라 오거라. 내가 작살로 푹 찌를 수 있도록 말이야. 그래, 이젠 준비가 다 됐겠지? 실컷 잡수셨겠지?'

"어영차!"

노인은 힘을 주어 낚싯줄을 잡아당겼다. 양팔을 번갈아 내밀면서 힘껏 당기고 또 당겼다. 그러나 헛수고였다. 고기는 그냥 천천히 달아날 뿐이었고 노인은 조금도 고기를 끌어당길 수 없었다. 원래 큰 고기를 잡기 위한 것이기에 줄은 튼튼했다. 노인은 줄을 등에다 감고 더 세게 잡아당겨보았다. 팽팽해진 줄에서 물방울이 튀었다. 노인은 노 젓는 자리에 버티고 앉아서 여전히 힘을 쓰며 줄을 잡고 있었다. 그리고 끌리는 힘이 느껴질 때마다 몸을 뒤로 젖혀 줄을 당겼다. 어느 사이에 배는 북서쪽으로 서서히 흘러가고 있었다.

고기는 전혀 당황하는 기색 없이 한결같은 속도로 느리게 바닷속을 헤엄쳐 갔다.

바다도 잔잔하여 노인과 고기는 한가로이 헤쳐 나갔다. 물속의 다른 미끼들에게서는 아무런 반응이 없었다.

"이럴 때 그 아이가 있었으면……."

노인은 소리 내어 말했다.

"내가 지금 물고기한테 끌려가고 있구나. 또 내가 밧줄걸이가 된 꼴인데, 배에다 줄을 감아둘 수도 있지만, 그렇게 하면 놈이 줄을 끊고 도망갈지도 몰라. 무슨 수를 쓰든 이 놈을 놓쳐선 안 돼. 계속 줄을 풀어줘야겠어. 이놈이 물속으로 들어가지 않고 옆으로만 가는 것도 천만다행이야."

노인은 물고기의 상황에 대해 짐작하고 어떠한 사태에 대한 방도를 생각했다. '만약에 녀석이 아래로 내려갈 작정을 하면 그때는 어떻게 하지? 그러다가 혹 물밑으로 내려가서 죽기라도 하면 어쩌지? 하지만 반드시 방법은 있을 거야. 상황에 따라 내가 취할 수 있는 일은 여러 가지가 있으니까.'

배는 여전히 북서쪽으로 끌려가고 있었다. 노인은 등에 걸친 줄이 물속에 비스듬히 꽂힌 것을 바라보며 '이놈이 버티는 것도 한도가 있지 이젠 죽을 때가 됐는데.' 하고 생각했다.

"저놈이 낚시에 걸린 것이 정오 무렵이었지. 그런데 나는 아직 저놈의 정체가 뭔지도 모르고 있잖아."

노인은 고기가 낚시에 걸려들기 전부터 푹 내려쓰고 있었던 밀짚모자 때문에 이마가 쓰리고 아팠다. 그리고 목도 몹시 말랐다. 노인은 줄이 갑자기 당겨지지 않도록 조심하면서 무릎을 꿇고, 뱃머리 쪽으로 살살 기어가서 한 손을 뻗어 물병을 겨우 잡았다. 시원하게 한 모금 마신 후, 뱃머리에 몸을 기대고 쉬었다. 이대로 버텨 나가는 거야. 노인은 배 밑바닥의 돛대 위에 앉아 각오를 다졌다.

문득 돌아본 뒤로는 육지가 보이지 않았다. 상관할 바 아니었다. 노인은 마음속으로 생각했다. '나는 언제든지 마음만 먹으면 아바나 쪽 하늘의 환하고 밝은 빛을 따라 항구로 돌아갈 수 있어. 해가 지려면 아직 두 시간이나 더 남아 있다. 저놈도 틀림없이 그 전에 수면 위로 떠오를 거야. 그때까지 떠오르지 않는다면 달이 떠오를 때까지는 올라와주겠지. 그때도 아니면, 내일 해가 뜰 때는 올라오고야 말거다.'

노인은 계속하여 속으로 생각했다. '내 몸엔 아무 이상이 없다. 쥐도 나지 않고. 하지만 저놈의 끈기도 알아줘야겠구먼. 낚싯바늘을 통째로 삼킨 건 틀림없는데, 얼굴이라도 한 번 봤으면 좋겠다. 내가 어떻게 생긴 놈하고 맞붙었는지를 알기 위해서라도.'

노인은 별자리를 보고 그동안의 상황을 판단해보았다. 고기는 진로를 전혀 바꾸지 않고 한 방향으로만 가고 있었다. 해가 지자 추워지면서 등과 팔과 늙은 다리에서 흘러내렸던 땀이 싸늘하게 말라붙었다. 낮에 노인은 미끼통을 덮었던 부대를 햇볕에 널어 말려 두었다. 그는 해가 지자 그 부대를 목에 감고 등으로 흘러내리게 덮었다. 그리고 다시 힘을 들여 어깨에 걸려 있는 낚싯줄 밑으로 겨우 집어넣어 부대가 줄 밑에서 어깨받이 역할을 하게끔 하였다. 노인은 이제 겨우 뱃머리에 몸을 기대어 앉아보았다. 편했다. 실제로는 그 자세가 그저 약간 견딜 만한 정도였지만 노인은 아주 편안하다고 생각하였다.

'나도 녀석을 어떻게 할 방도가 없지만 제 놈도 나를 어쩔 수 없겠지.' 노인은 생각했다. '이놈이 이 짓을 계속 버텨나가는 한, 나도 별다른 도리가 없다.' 하며 노인은 또 생각했다.

한번은 일어나서 뱃전 너머로 오줌을 누었다. 그리고 별을 보며 진로를 확인했다. 그의 어깨에서 물속으로 이어져 나간 낚싯줄이 마치 한 줄기 인광(燐光)처럼 뚜렷이 보였다. 배가 끌려가는 속도는 전보다 약간 느려진 것 같았다.

아바나 쪽의 하늘빛이 그다지 밝지 않은 것으로 보아 조류가 그들을 동쪽으로 데리고 가고 있음을 알 수 있었다. 아바나의 불빛을 잃어버리면 노인과 배는 더욱 동쪽으로 가는 게 될 것이다. '이놈의 고기가 가던 진로대로 계속 간다면 아직 몇 시간은 더 아바나 쪽 불빛이 보일 거야.' 노인은 끊임없이 생각했다.

'오늘 메이저리그의 야구 경기는 어떻게 되었을까. 배 위에서 라디오로 야구 경기를 듣는다면 정말 희한하고 즐거운 경험이 될 텐데.' 그러나 노인은 이내 생각을 고쳐먹었다.

'무슨 엉뚱한 생각인가. 지금은 단 한 가지만을 생각해야 해. 잡념을 버리자.'

그러고는 누구에게랄 것도 없이 다시 소리 내어 말했다.

"이런 때 그 아이가 있으면 얼마나 좋을까. 나를 도와줄 수도 있고, 이 근사한 장면도 볼 수 있었을 텐데 말이야."

그는 나이 들어 혼자 있는 것은 좋지 않다고 생각했다. 그러나 지금은 다른 방법이 없다. '저 다랑어라도 상하기 전에 먹고 기운을 차려야 해. 아무리 먹기 싫더라도 잊지 않고 아침까진 꼭 먹어 둬야지.' 노인은 마음속으로 자신에게 다짐했다.

밤사이에 두 마리의 돌고래가 뱃전 가까이 나타나 뒤척이며 뒹굴며 물을 뿜어댔다. 노인은 수컷과 암컷이 서로 물을 뿜어대는 소리를 똑똑히 구별할 수 있었다.

"착한 녀석들이야."

노인은 말했다.

"함께 놀고 장난치고, 샘 날 정도로 사랑도 하지. 저 녀석들은 날치와 마찬가지로 우리의 형제나 마찬가지야."

노인은 불현듯 자신의 낚시에 걸린 큰 고기가 불쌍하다는 생각이 들었다.

'멋진 놈이야. 흔히 볼 수 없는 행동을 하는 데다 도대체 얼마나 나이를 먹었는지조차 알 수가 없거든. 나는 오늘까지 이렇게 힘이 센 놈을 만난 적이 없어. 또 이놈은 함부로 날뛰지도 않고 침착해. 영특한 놈이 틀림없어. 사실 이놈이 날뛰기라도 하면 난 꼼짝없이 당하고 말 테지.

이전에도 여러 번 낚시에 걸린 경험이 있어서 위기에 처했을 때, 대처하는 방법을 잘 알고 있는 놈임에 틀림없어. 하지만 겨루는 상대가 단 한 명이며 게다가 늙은이라는 건 모를 거야. 아무튼 굉장한 놈이야.

미끼를 문 느낌으로 봐서는 분명히 수컷이었어. 끌고 가는 것도 그렇고, 싸우는데도 전혀 당황하는 기색이 없어. 놈에게 무슨 계획이라도 있는 것인지, 아니면 나처럼 필사적인 상태인지 통 알 수 없으니 답답하기 그지없구나.'

노인은 언젠가 청새치 한 쌍을 발견했고, 그중에 한 마리를 낚았었다. 불현듯 그때가 생각났다. 청새치는 언제나 수컷이 암컷에게 먹이를 양보한다. 그날도 예외는 아니었다. 먼저 미끼를 먹던 암컷이 낚시에 걸렸다. 암컷은 공포에 질려 맹렬하게 버둥대다가 마침내 기진맥진해 버렸다. 그동안에도 수컷은 암컷 옆에 붙어서 낚싯줄을 넘나들기도 하고 암컷과 함께 주위의 바다를 맴돌았다. 수컷이 너무나 바짝 붙어 있는 통에 노인은 조마조마했었다. 수컷의 몸통에서 날카롭고, 크기나 모양이 큰 낫처럼 생긴 꼬리가 보였다. 그 꼬리로 낚싯줄을 끊어버리지 않을까 염려됐던 것이다. 노인은 암컷을 갈고리로 끌어 올려서 몽둥이로 후려쳤다. 가장자리가 사포처럼 생긴 창날 같은 부리를 잡고서 정수리를 마구 후려갈겼던 것이다. 그러자 고기의 몸뚱이는 금세 거울의 뒷면과 같은 색깔로 변해 버렸다. 이

옥고 아이가 도와서 고기를 배 안으로 끌어올렸다. 그때까지도 수컷은 뱃전을 떠나지 않았다. 노인이 낚싯줄을 정리하고 작살을 준비하는데 수컷은 암컷이 어디 있나 확인이라도 하려는 듯 공중으로 높이 뛰어올라 암컷의 모습을 확인하려는 듯한 행동을 하고는 물속 깊이 자취를 감추었다. 아름다운 놈이었다. 날개처럼 생긴 가슴지느러미 줄무늬가 활짝 넓게 퍼졌던 모습이 아직도 눈에 선했다. '놈은 끝까지 도망치려고 하지 않았어.' 노인은 그때의 추억을 되살렸다.

'내가 겪은 일 중에 가장 슬픈 사건이었어. 아이도 슬퍼했지. 그리고 우리는 암컷에게 사과를 하고 즉시 칼질을 해버렸지.'

"아, 그 아이가 있으면 얼마나 좋을까."

노인은 습관적으로 중얼거리며 배의 둥근 뱃전에 몸을 기댔다. 등을 가로질러 멘 낚싯줄을 통해서 자기가 선택한 방향으로 유유히 달리고 있는 큰 고기의 무게를 느낄 수 있었다.

'내게 걸려든 이상 너도 어떤 방법이든 강구하지 않고는 못 배겨날 거야.' 노인은 마음속으로 생각했다. '지금 이놈은 깊고 어두운 물속으로 들어가 그곳에서 버텨야겠다고 생각하는 것이다. 네놈의 생각이 그러하니 나 또한 선택의 여지가 없지. 모든 사람의 무리에서 떨어져서, 아니 모든 세계의 사람들과 동떨어져서, 네놈을 바닥까지 추적하는 것뿐 다른 도리가 없단 말이야. 그래서 너와 나는 이렇게 줄곧 같이 있는 것이다. 너나 나나 주위에 아무도 없어. 어떤 도움도 받을 수 없단 말이다.'

'아마 나는 어부가 되지 말았어야 했는지도 몰라.' 순간 노인은 그런 생각을 했다. '그러나 나는 운명적으로 어부로 태어났어. 그것은 틀림없는 사실이야. 날이 밝거든 잊지 말고 꼭 다랑어를 아침으로 먹어야지.' 노인은 다시 다짐을 했다.

새벽녘. 뒤쪽에 있는 미끼 하나에 무엇인가 걸리는 느낌을 받았다. 잠시 후에 막대기가 부러지고 뱃전 너머로 줄이 마구 풀려나갔다. 어둠 속에서도 노인은 선원용 나이프를 빼 들고 큰 물고기의 중량을 왼편 어깨로 버티면서 뱃전에 대고 낚싯줄을 끊어버렸다. 그리고 가장 가까이에 있는 다른 낚싯줄도 끊어버린 후, 어둠 속에서 예비 낚싯줄의 끝과 끝을 단단히 매두었다. 이러한 작업을 한 손으로 능숙하게 해치웠다. 매듭을 맬 때는 발로 낚싯줄을 눌렀다. 이제 노인은 여분의 낚싯줄을 여섯 개나 가지게 되었다. 막 끊어버린 데서 두 개, 그리고 지금 고기가 물었던 낚싯줄에서 또 두 개. 이제 이것들을 모두 연결해 놓았다.

날이 밝으면 마흔 길짜리 낚싯줄도 끊어버리고 예비 줄에다 연결시켜야겠다고 마음먹었다. '결국 200길이나 되는 카타로니아산 콜레르(스페인어로 밧줄이라는 뜻)와 낚시와 목줄을 잃어버린 셈이로구나. 하지만 그것들은 언제나 새로 구할 수 있어. 내가 다른 물고기를 잡으려다가 이 큰 놈을 놓쳐버린다면 그건 무엇으로 보상하지? 사실 지금 막 물린 놈이 어떤 고기인지 난 몰라. 청새치나 황새치, 아니면 상어였을지도. 줄을 잘라 내는 데에만 급급해서 미처 어떤 놈인지 느껴 보지도 못했다고.'

노인은 큰 소리로 또 말했다.

"그 아이가 있다면 오죽이나 좋을까."

'그러나 아무리 그래도 지금 그 아이는 없지 않은가.' 노

065

인은 생각했다. '여기에는 오직 나 혼자밖에 없다. 이제 어둡든 밝든 마지막 낚싯줄이 있는 곳으로 가서 그 줄마저 끊어버리고 두 개의 예비줄을 이어두는 것이 좋겠군.'

어둠 속에서 일을 한다는 게 쉬운 일은 아니었으나 노인은 주저하지 않았다. 한번은 물고기가 큰 파도를 일으키며 술렁거리는 통에 얼굴을 처박고 넘어졌는데, 그만 눈 아래가 찢어지고 피가 뺨을 타고 흘렀다. 그러나 피는 턱까지 내려오기도 전에 말라 버렸다. 노인은 뱃머리 쪽으로 가서 돌아가서 뱃전에 기대어 쉬었다. 부대를 바로 걸치고 줄을 움직여서 어깨에 줄 닿는 위치를 바꾸어 고정시킨 후, 고기가 끄는 힘 정도를 느껴보고 한 손을 물속에 넣어 배가 끌려가는 속도를 가늠해보았다. 이놈이 무엇 때문에 갑자기 요동을 쳤을까, 하고 노인은 생각해보았다.

'틀림없이 놈의 커다란 잔등을 철사줄이 긁었을 거야. 하지만 놈의 등은 내 등만큼은 아프지 않겠지. 놈이 이 배를 언제까지나 끌고 갈 수는 없는 거야. 제 놈이 아무리 크다고 할지라도 말이야. 이제 성가신 일은 다 해결된 셈이고 예비줄도 충분히 준비해 두었으니 더 이상 바랄 것은 없어.'

"이놈아."

노인은 고기를 향해 큰 소리로, 그러나 다정하게 말했다.

"나는 죽을 때까지 너하고 같이 있을 테다."

'물론 저놈도 나하고 끝까지 싸우겠지.' 어둠 속의 추위를 느끼며 노인은 그렇게 생각했다.

노인은 몸을 따뜻하게 하려고 뱃전에다 대고 이곳저곳을 문질렀다. '저놈이 버텨 나갈 수 있는 한은 나도 얼마든지 버틸 수 있어.' 날이 훤히 밝아 오자 갑자기 낚싯줄이 팽팽히 당겨지더니 물속으로 내려갔다. 배는 여전히 끌려가고 있었다. 태양이 수평선 위로 머리를 드러냈다. 최초의 빛이 노인의 오른쪽 어깨 위에 부딪쳤다.

"놈이 북쪽으로 가고 있구나."

노인이 말했다.

"하지만 조류 탓으로 배가 동쪽으로 꽤 밀려나게 될 거야. 고기가 조류를 타주면 좋으련만, 그렇다면 그건 놈이 지쳤다는 증거거든."

해가 보다 높이 떠올랐다. 노인은 그때까지도 물고기가 전혀 지치지 않았다는 것을 알 수 있었다. 단 한 가지 좋은 징조가 나타났다. 낚싯줄의 경사로 봐서 고기가 덜 깊은 곳에서 헤엄치고 있다는 사실을 알 수 있었다. 그렇다고 반드시 놈이 뛰어오르리라고 장담할 수는 없었다. 그러나 희망은 있다.

"하느님, 제발 뛰어오르게 해주소서."

노인은 기도하듯이 말했다.

"제게는 아직 놈을 다룰 수 있는 줄이 충분히 있습니다."

'내가 만일 조금만 더 줄을 팽팽히 당기면 놈은 금방 뛰어오르고 말 거야. 이제 날이 밝았으니 놈이 뛰어오르도록 해야겠어. 저놈은 틀림없이 등뼈에 붙어 있는 부레에 공기가 꽉 들어차서 위로 뛰어오르고야 말 거야. 그러면 저놈을 깊은 물속에서 죽게 하는 일은 없을 테지.'

노인은 낚싯줄을 좀 더 당겨 보려고 애썼지만 줄은 물고기를 처음 낚았을 때처럼 팽팽한 상태 그대로였다. 조금만 당겨도 곧 끊어질 듯했다. 그럼에도 노인은 줄을 잡아끌려고 했고, 몸을 뒤로 젖히자, 곧바로 물고기의 거친 반응이 전해졌다. 순간, 그는 더는 잡아당겨서는 안 되겠다는 생각이 들었다. 아주 조금 잡아당겨도 위험하겠다는 결론을 내렸다. 자칫 무리해서 세게 잡아당기면 낚시에 걸린 상처가 넓어져서 놈이 뛰어오를 때 낚싯바늘이 벗겨질지도 모르기 때문이다.

하지만 다행스럽게도 태양이 떠오르니 노인의 기분은 한결 나아졌고, 이제는 태양을 똑바로 쳐다보지 않아도 되었다. 줄에는 누런 해초가 걸려 있었다. 노인은 해초의 무게가 오히려 고기에게는 짐이 되겠구나 생각하며 내심 쾌재를 불렀다. 기분이 좋아졌다. 간밤에 인광을 낸 것은 바로 이 해초였다.

"이 친구야."

노인은 고기에게 또 말을 건넸다.

"난 네가 좋아. 또 너를 대단히 존경하게 되었어. 그렇지만 오늘은 끝장을 내고 말 테다."

그렇게 말하면서 노인은 속으로 간절히 기도했다.

'그렇게 되기를 빌자. 꼭 그렇게 되기를 비는 거야.'

그때 마침 작은 새 한 마리가 북쪽에서 배를 향해 날아왔다. 휘파람새였다. 새는 해면 위를 얕게 날아왔다. 노인이 보기에 그 새는 무척 지쳐 있었다. 새는 배의 뱃고물에 앉아 지친 날개를 쉬었다. 잠시 후, 새는 다시 날아올라 노인의 주변을 빙빙 돌더니 이번에는 줄 위에 앉았다. 줄 위가 더 편안한 모양이었다.

"너는 몇 살이지?"

노인은 새에게 물었다.

"이번이 첫 여행인 모양이로구나?"

노인이 말하자, 새는 노인을 쳐다보았다. 그러나 새는 너무 지쳐서 줄을 미처 살피지 못하고 있었다. 그래서 가냘픈 발로 줄을 꽉 잡고 물고기가 움직이는 힘에 따라 위아래로 기우뚱거렸다.

"줄은 튼튼해, 아주 튼튼하단다."

노인이 새를 보며 말했다.

'간밤에는 바람도 별로 없었는데 그렇게 지치다니. 너처럼 가냘픈 새들은 결국 어떻게 되는 것일까? 언제나 즐겁지만은 않을 것 같군. 조금 있으면 매가 새들을 찾아 바다로 날아오겠지.' 노인은 속으로 그런 생각을 했지만 그러나 그 말을 새에게 직접 전하지는 않았다. 해 봐야 알아듣지도 못할 테고, 또 얼마 안 있어 그 새도 주변에 매가 있음을 알게 될 테니까.

다만, 노인은 말했다.

"푹 쉬어라, 작은 새야. 그리고 어디든 열심히 날아가서 되든 안 되든 모험을 한번 해보렴, 행운을 잡을 때까지 말이야."

밤새 낚싯줄을 메고 있었더니 등이 뻣뻣해졌고 통증은 점차 심해졌다. 그래서 노인은 자꾸 새에게 말을 걸어 위안을 삼는 것이었다.

"네가 마음에 있다면 우리 집에 와서 살아도 좋아."

노인이 말했다.

"이 미풍에 돛을 올리고 너를 육지까지 데려다주지 못해 정말 미안하구나."

바로 그때였다. 고기가 갑자기 요동을 쳤다. 노인은 뱃머리 쪽으로 고꾸라지고 말았다.

노인이 반사적으로 발로 버티면서 줄을 좀 놓아 주지 않았더라면 물속으로 끌려 들어갈 뻔했다. 새는 갑작스런 요동에 하늘로 날아올랐다. 노인은 새가 날아가는 것도 보지 못했다. 줄을 조심스럽게 다루다가 언뜻 보니 오른손에서 피가 흐르고 있었다.

'저놈의 고기가 어딘가 아팠던 모양이로군.'

노인은 고기의 방향을 돌릴 수 있는지 알아보기 위해 살짝 줄을 잡아당겨 보았다. 줄이 끊어질 정도로 팽팽해지자 노인은 줄을 꽉 쥔 채 뒤로 몸을 버텼다.

"너도 이제는 내가 당기는 힘을 알게 됐구나 고기야?"

노인은 말했다.

"사실은 나도 마찬가지야."

노인은 사방을 둘러보았다. 그러나 날아간 새는 보이지 않았다. 노인은 아무도 없는 바다 위에서 외로움을 느끼며 생각에 잠겼다.

'내 곁에서 벗이 되어주었으면 하고 바랐는데. 오래 쉬지도 못하고 가버렸구나. 육지로 돌아갈 때까지는 더 험하고 거친 일들이 닥칠 것이다. 그런데 고기가 한번 날뛰었다고 다치다니? 멍청해진 건가? 아니야. 내가 새 한 마리를 보느라 잠시 정신을 판 게 잘못이었어. 정신 차리자. 마음을 단단히 먹어야 되겠다. 그리고 아침 식사론 다랑어를 먹어야지. 기운을 차려야 해.'

"지금 그 아이가 내 곁에 있다면 얼마나 좋을까. 거기에다 소금이라도 조금 있다면."

노인은 큰 소리로 말했다.

노인은 낚싯줄을 왼쪽 어깨로 옮긴 뒤에 무릎을 꿇고 조심조심 바닷물에 손을 씻었다. 한동안 손을 물에 담그고 피가 꼬리를 남기며 흘러가는 모습을 바라보았다. 계속해서 나아가는 배의 속도에 손에 부딪쳐 오는 물의 압력을 느껴 보았다.

'놈이 훨씬 느려졌구나.'

노인은 좀 더 오랫동안 물에 손을 담그고 싶었지만 물고기가 또 갑자기 요동을 칠까 봐 두려웠다. 그래서 몸을 똑바로 일으켜 발로 버티고는 손을 쳐들어 햇빛을 가리며 보았다. 낚싯줄에 쓸려서 살점이 조금 떨어져 나갔다. 그러나 이제부터 손을 사용해야 하는 중요한 때다. 이 작업이 끝날 때까지, 노인은 결코 손을 다치는 일이 있어선 안 된다.

손이 다 마르자 노인은 말했다.

"이제는 다랑어 새끼를 먹어야겠다. 갈고리 대로 끌어다가 여기 앉아서 편하게 먹어야지."

그는 무릎을 꿇고 갈고리 대로 뱃고물 아래쪽에서 다랑어를 찾아냈다. 그러고는 사려 놓은 낚싯줄에 닿지 않게 주의를 기울여 자신의 앞으로 끌어당겼다. 줄을 다시 왼쪽 어깨에 고쳐 메고 왼손과 팔로 몸을 버티면서 갈고리 대에서 다랑어를 빼낸 다음 갈고리 대는 도로 제자리에 밀어버렸다. 노인은 한쪽 무릎으로 물고기를 누르고 머리에서 꼬리까지 등을 따라 길게 잘랐다. 그리고 등뼈에 바짝 붙어서 배까지 쐐기 모양으로 살점을 잘라냈다. 여섯 조각으로 자른 살점은 뱃머리 나무 위에 펴 놓고, 칼에 묻은 피를 바지에 닦았다. 그리고 바른 뼈는 바다에 던져버렸다.

"한쪽을 다 먹긴 양이 많은데."

노인은 그렇게 중얼거리며 토막 낸 고기에다 칼을 꽂았다. 그 순간, 줄이 세차게 끌려가기 시작했고 왼손에 쥐가 났다. 무거운 줄을 잡은 손이 빳빳하게 오그라들고 있었다. 노인은 괴로운 표정으로 손을 쳐다보았다.

"이놈의 손은 도대체 어떻게 된 거야? 쥐가 나려면 나 보라지. 제 멋대로 매 발톱처럼 오그라들라면 들라고. 그래 봐야 아무 소용이 없을 테니까."

마음을 가다듬은 노인은 어두운 물속으로 비스듬히 내려가 있는 낚싯줄을 내려다보았다.

"다랑어를 먹어야지. 이건 손의 잘못이 아니야. 벌써 여러 시간을 고기와 겨뤄왔잖아. 나는 이놈과 최후까지 싸워야 해. 자, 다랑어를 먹자."

노인은 살점을 한 점 집어 입에 넣고 천천히 씹었다. 맛이 괜찮았다.

"천천히 잘 씹어서 국물까지 죄다 섭취해야 돼. 귤이나 레몬 아니면 소금이라도 좀 있었으면 먹기가 더욱 좋을 텐데…… 손아, 너는 좀 어떠냐?"

거의 사후경직 상태처럼 뻣뻣해진 손에다 대고 노인은 걱정스러운 듯 물었다.

"왼손아, 내 너를 위해서 좀 더 먹어 두마."

노인은 두 쪽으로 잘라 둔 것 중에 남은 한쪽을 마저 입에 넣었다. 조심스럽게 씹다가 껍질만 뱉었다.

"손아, 이제는 좀 어때? 좀 더 있어야 효험이 나겠니?"

노인은 한쪽을 더 집어서 이번에는 통째로 씹었다.

'다랑어란 놈은 살이 단단하고 피가 많은 고기야. 그래도 돌고래 대신 이놈을 잡게 된 것이 다행이다. 돌고래는 너무 달단 말이야. 이놈은 거의 단맛이 없고 아직도 팔팔한 기운이 꽉 차고 넘친단 말이야. 하지만 실제적인 생각 이외에는 모든 것이 다 무의미해. 소금이 조금 있었으면 좋겠군. 물론 그것은 바람일 뿐이지만. 햇빛이 남은 생선을 상하게 할지, 건조시킬지는 알 수 없으니 별로 시장하지는 않지만 다 먹어 치우는 것이 낫겠어. 물속에 있는 고기는 아직도 잠잠하고 침착하구나. 나도 이것을 다 먹고 만반의 준비를 해야겠군.'

"손아, 좀 참아다오. 너 때문에 이것을 먹는단다."

노인은 순간 물속에 있는 저 물고기에게도 이것을 좀 먹였으면, 하고 생각했다. '형제니까 말이야. 하지만 나는 저놈을 죽여야 하고, 그러기 위해서는 힘이 있어야만 해.' 노인은 쐐기 모양의 고깃점을 천천히 조심스럽게 죄다 씹어 먹었다. 노인은 허리를 쭉 펴 보며 바지에 손을 닦았다.

"자."

노인은 왼손에게 말했다.

"왼손아, 이제는 줄을 놔도 좋다. 네가 그 뻣뻣해지는 바보짓을 그만둘 때까진 나는 오른손만으로도 저놈과 겨룰 수 있으니까 말이야."

노인은 왼손으로 붙들고 있었던 줄을 왼발로 밟았다. 그리고 몸을 젖히면서 등을 눌러 대는 무게를 버텨 내려고 애썼다.

"제발 쥐가 나지 않도록 도와주십시오."

노인이 기도하듯 말했다.

"저놈의 고기가 무슨 짓을 하려는지 도대체 알 수가 있어야지요."

그러나 고기는 침착하게 자신의 계획을 착착 진행하고 있는 것 같았다. 그런데 저놈의 계획이란 도대체 무엇일까, 노인은 생각해보았다. '또 나의 계획은 무엇이지? 놈이 엄청나게 크니 내 계획은 놈의 계획에 맞춰서 임시변통으로 순간순간 바꿔 나가지 않을 수 없단 말이야. 놈이 물 밖으로 뛰어 오르기만 하면 죽일 수가 있는데, 저놈은 계속 물속에서 버티려고 하겠지. 그렇다면 나도 언제까지나 저 녀석과 함께 겨루어야지 별 수 있나.'

노인은 쥐가 난 손을 바지에 대고 문질러서 손가락을 풀어보려고 애썼다. 그러나 손은 쉽게 펴질 것 같지 않았다.

하지만 해가 떠오르면 펴지겠지, 하며 노인은 자신의 마음을 위안했다. '조금 전에 먹은 싱싱한 다랑어가 소화가 될 때쯤엔 펴질 거야. 기어코 이 왼손을 꼭 써야만 하는 경우에는 무슨 수를 써서라도 펴고 말 테야.' 그러나 노인은 지금 손을 구태여 펴고 싶지 않았다. '저절로 펴져서 원상태로 돌아가게 내버려둬야지. 생각해보니 간밤에 나는 나를 너무 혹사했어. 하지만 그때는 두 손을 재빠르게 움직여서 여러 줄을 반드시 이어야 할 수밖에 없었으니까⋯⋯.'

노인은 무심코 바다를 둘러보았다. 새삼스럽게 자신이 고독한 처지에 있음을 깨달았다. 그러나 그는 깊고 어두운 물속에서 반짝이는 무지개 색깔의 빛을 볼 수 있었고 팽팽하게 앞으로 뻗어 나간 낚싯줄과, 잔잔한 가운데서도 이상한 파동이 이는 파도의 현상을 볼 수 있었다. 무역풍과 함께 뭉게구름이 뭉게뭉게 모여들고 있었다. 앞을 보니 한 떼의 물오리가 바로 위의 하늘을 배경으로 뚜렷이 나타났다가 흐려지고 다시 또 뚜렷이 나타나곤 했다. 노인은 그 모습을 보며 어느 누구도 바다에서는 외롭지 않다는 것을 깨달았다.

어떤 사람들은 작은 배를 타고 육지가 보이지 않는 먼 바다까지 나오면 두려워한다는 것이 이상하게 여겨졌다. 하긴 갑자기 악천후가 겹치는 계절이면 그럴 수도 있겠다고 생각했다.

그러나 지금은 태풍이 부는 계절이고, 만약 태풍만 불지 않는다면 일 년 중에 가장 낚시하기 좋은 계절인 것이다.

태풍이 오려고 할 땐, 그 징조가 며칠 전부터 나타난다. 바다에서는 그것을 금방 알 수 있다. 육지에서는 좀처럼 알 수 없는 것은 아무데서도 태풍의 단서를 잡을 수 없기 때문이다. 노인은 생각했다. '하긴, 육지에서도 구름의 모양이라든가 또는 어떤 점에서 달라지는 게 있기야 하겠지. 아무튼 지금은 태풍이 올 징조는 없어.'

하늘을 보니 아이스크림 같은 흰 뭉게구름이 보이고, 드 높은 하늘에는 엷은 새털구름이 깔려 있었다.

"브리사('산들바람' 또는 '무역풍'이라는 뜻의 스페인어)로군."

노인은 말했다.

"고기야. 오늘은 너보다는 나한테 유리한 날씨로구나."

왼손은 아직도 쥐가 풀리지 않은 상태이므로 노인은 천

천히 왼손을 펴려고 했다.

'쥐가 나다니 이건 정말 질색이라니까. 쥐가 난다는 것은 내 육체에 대한 일종의 배신이야. 타인 앞에서 프토마인 중독으로 설사를 한다든지, 구토를 하는 것은 창피한 노릇이지. 더더구나 쥐가 난다는 것(노인은 그것을 스페인어로 '카람브레'라고 기억했다.)은 창피하기 이를 데 없는 일이야.' 노인은 특히 혼자 있을 때 쥐가 나는 것을 부끄럽게 여기곤 했다.

'만약에 아이가 여기 있다면 팔을 주물러서 근육을 풀어 줄 텐데.' 노인은 그렇게 생각했다.

'그래도 결국 풀어지기는 할 거야. 틀림없이.'

그때였다. 그는 이제껏 오른손으로 쥔 줄에 느껴지던 힘이 달라진 것을 감지했다. 물속으로 뻗은 줄의 경사가 달라지는 것도 보였다. 노인은 상체를 뒤로 젖히면서 줄을 당겼다. 이윽고 줄이 경사진 그대로 서서히 떠오르는 것이 보였다.

"드디어 놈이 올라오는군. 어서 오너라. 가까이만 오너라."

줄은 천천히, 그리고 꾸준히 올라왔다. 어느 순간, 갑자기 배의 앞쪽 해면이 소용돌이치더니 고기의 몸통을 중심으로 양쪽으로 물이 갈라지며 쏟아져 내렸다. 드디어 놈이 모습을 드러냈다. 햇빛을 받아 번쩍거리는 머리와 등은 짙은 보랏빛이었고 옆구리는 연보랏빛으로 빛나는 굵은 줄무늬가 한 줄 그어져 있었다. 주둥이는 쌍칼날처럼 끝이 뾰족한 것이 야구방망이 정도의 길이였다. 커다란 낫처럼 생긴 꼬리가 햇빛을 받아 잠시 눈부시게 빛나더니 어느 사이엔가 물속으로 사라졌다. 그러자 줄이 똑같은 속도로 풀려나가기 시작했다.

"이 배보다 60센티미터는 더 길겠군."

노인은 감탄조로 중얼거렸다. 줄이 풀려나가는 속도가 빠르고, 일정하게 풀려나가는 것으로 보아 고기는 전혀 당황하지 않은 것 같았다. 노인은 줄이 끊어지지 않을 정도로 힘껏 잡고 견제했다. 일정하게 당겨서 고기의 속력을 늦추지 않으면 줄을 있는 대로 끌고 가서 마침내 끊어버릴지도 모르기 때문이다.

'굉장히 큰 놈이다. 기다려라, 내가 반드시 본때를 보여주마.' 노인은 생각했다. '저놈의 힘이 얼마나 되는지, 또 저놈이 달아나겠다고 마음먹으면 얼마든지 할 수 있다는 것을 알게 해서는 안 된다. 내가 만일 저놈이라면 지금 당장 어떤 짓이라도 해서 뭔가 결판이 날 때까지 하고야 말 텐데. 그러나 다행히도 저놈은 자기를 죽이려는 인간보다는 영리하지 못하다. 비록 저 녀석이 기품 있고 능력이 있다 하더라도.'

노인은 지금까지 큰 고기를 많이 봐왔다. 450킬로그램이 훨씬 넘는 큰 고기도 몇 번이나 보았고, 지금껏 그 정도의 고기를 두 마리나 잡았다. 그런데 혼자 잡은 건 아니었다. 그러나 지금은 혼자다. 육지도 보이지 않는 이곳 먼 바다에서 난생처음 보는 커다란 고기를, 그것도 말로도 들어보지 못한 큰 고기와 맞붙어 싸우고 있는 중이다. 더더구나 왼손은 아직도 매의 발톱처럼 오그라들어 부자연스럽다.

하지만 곧 풀릴 거야, 노인은 생각했다. '틀림없이 쥐가 풀려서 오른손이 하는 일을 도와줄 거야. 나에게 형제라고 할 수 있는 것이 셋 있다면 바로 저 고기와 내 두 손이다. 그러니 왼손의 쥐는 풀려야 한다. 쥐가 나다니, 부끄럽기 이를 데 없는 일이다.'

고기는 다시 속력을 늦추어 조금 전의 속도로 되돌아가고 있었다. 노인은 궁금증이 일었다. '아까는 왜 올라왔을까?' 그놈은 마치 크기를 자랑하려는 듯이 솟아오른 것 같기도 했다.

'아무튼 난 너를 알게 되었어. 이제부턴 내가 어떤 사람인지 너에게 보여주마. 그렇게 되면 너는 쥐가 난 내 손을 보게 되겠지. 그러면 내가 제 놈보다 더 강하다는 것을 알게 될지도 모른다. 사실 내가 저 녀석보다는 강하지. 강하고말고. 내 의지와 지혜에 맞서 싸우고 있는 그 모든 것을 가진 저 고기가 되어보고도 싶구나.' 노인은 고기에 대해서 생각했다.

노인은 가능한 한 편한 자세로 뱃전에 몸을 기댄 채 고통을 견디려 애썼다. 고기는 흐트러짐 없이 꾸준히 달렸고, 배는 검은 수면 위를 천천히 나아갔다. 동쪽에서 바람이 불어오자 파도가 약간 일었고, 정오 무렵이 되어서는 왼손에 쥐도 풀렸다.

"이보게, 고기 친구, 자네에겐 고약한 소식이네."

노인은 조금은 가벼운 마음으로 중얼거리면서 어깨를 덮고 있던 부대를 매만지며 다시 줄을 옮겼다. 자세는 조금 편안해졌으나 몸은 고통스러웠다. 그러나 그 고통은 인정하려고 하지 않았다.

"나에게 신앙이 있는 것은 아니지만."

노인은 중얼거렸다.

"이 고기를 잡게만 해준다면, 주기도문과 성모송을 열 번씩이라도 외겠습니다. 그리고 잡는다면, 코브레 성당의 성모님들께 참배 드릴 것을 약속합니다. 이건 진정입니다."

노인은 기계적으로 기도문을 외우기 시작했다. 이따금씩 너무 피곤해서 기도문이 기억나지 않기도 했지만, 다시 재빨리 외워 보면 자동적으로 다음 구절이 떠오르고는 했다. 그가 생각하기에 성모송이 주기도문보다 쉬웠다.

"은총이 가득하신 마리아여, 기뻐하소서. 주께서 함께하시니 여인 중에 복되시며, 태중의 아들 예수 또한 복되시나이다. 천주의 성모 마리아여, 이제와 우리 죽을 때에 우리 죄인을 위하여 빌어주소서. 아멘."

그리고 노인은 한마디 더 덧붙였다.

"거룩하신 성모 마리아여, 마지막으로 이 물고기의 죽음을 위해서도 기도해주십시오. 훌륭한 놈이긴 하옵니다만……."

기도를 마치자 기분이 한결 나아졌으나 고통스러운 것

은 마찬가지였다. 아니, 아까보다 더 괴로운 것 같았다. 그래서 노인은 뱃머리에 몸을 기댄 채 기계적으로 왼손가락을 쥐었다 폈다 반복하기 시작했다.

미풍이 가볍게 일고 있었으나, 햇볕은 따가웠다.

"짧은 줄에 미끼를 달아서 뱃고물 쪽으로 드리워 놓는 게 좋겠군."

노인은 말했다.

"만일 녀석이 이대로 하룻밤을 더 견뎌 볼 생각이라면 나도 다시 배를 채워야겠군. 물도 거의 떨어질 지경이고. 여기서는 돌고래 밖에는 잡힐 것 같지 않은데, 그러나 그것도 아주 싱싱할 때 먹으면 그렇게 나쁘지는 않을 거야. 오늘 밤엔 날치라도 배 위로 날아와 주면 좋으련만, 날치를 유인할 불빛이 있어야 말이지. 날치는 날로 먹어도 맛이 썩 좋고, 칼질할 필요도 없는데, 어쨌건 이젠 최대한 힘을 아껴야만 해. 놈이 이렇게 클 줄은 정말 몰랐어."

잠시 후 노인이 말했다.

"하지만 나는 이놈을 반드시 죽이고야 말 테다. 이놈의 모든 위대함과 영광 속에서."

노인은 재차 말했다.

"바람직하지 않을지도 모르지만, 나는 이놈에게 사람이 어떤 일을 할 수 있으며, 얼마나 견뎌 낼 수 있는지를 보여 주고 말테야."

"아이에게 나는 이상한 노인이라고 말하곤 했었지. 지금이야말로 그 말을 증명할 때다."

지금까지 수천 번이나 그것을 증명했지만, 지금 와서는 그게 다 무의미한 것 같았다. 그래서 노인은 지금 또다시 새롭게 증명해 보이려는 것이다. 증명은 늘 처음 하는 일 같았고, 그럴 때 과거의 일은 전혀 생각하지 않았다.

'이놈이 잠을 자 줬으면 좋으련만, 그러면 나도 눈 좀 부치고, 꿈속에서 사자도 만날 수 있을 텐데. 그런데, 지금 왜 사자가 머릿속에 떠오르는 게지?'

'이 늙은이야. 지금 무슨 생각을 하고 있는 거야.'

노인의 마음속에는 생각들이 휘몰아쳤다.

'뱃전에 편안하게 기대 쉬면서, 아무것도 생각도 않는 것이 상책이야. 고기란 놈은 계속해서 움직이고 있잖은가. 그러니 자네 같은 늙은이는 될수록 움직이지 말라고. 힘을 아

껴야지.'

시간은 오후로 접어들고 있었다. 배는 여전히 조금의 흐트러짐도 없이 수면 위를 미끄러지듯 달렸다. 동풍이 불어왔다. 약간의 저항이 느껴졌으나 배는 작은 파도 위를 조용히 헤쳐 나아가고 있었다. 밧줄이 등을 압박하여 느꼈던 아픔도 한결 수월하고 부드러워 졌다.

오후가 되자 줄이 또 한 번 올라오기 시작했다. 그러나 고기는 수면 쪽으로 약간만 올라왔을 뿐 계속해서 물속을 헤쳐 나아갔다. 태양은 노인의 왼팔과 어깨, 등에 내리쬐었다. 노인은 태양의 방향으로 고기가 북쪽에서 동쪽으로 방향을 바꿨다는 사실을 알았다.

노인은 녀석의 모습을 한 번 보았기 때문에 멋진 자줏빛 가슴지느러미를 날개처럼 활짝 펴고 크고 꼿꼿한 꼬리를 바짝 세운 채 어두운 물속을 가르며 헤엄쳐 나아가는 모양을 눈앞에 생생하게 그려 볼 수 있었다. 저 깊은 물속에서도 잘 볼 수 있는 고기의 시력은 도대체 어느 정도일지 궁금증을 느끼기도 했다. 그러고 보니 고기의 눈은 무척 컸다. 말은 그보다는 눈이 작아도 밤눈이 밝았다.

'나도 젊었을 때 꽤 눈이 밝았지. 아주 캄캄한 곳에서야 어쩔 수 없는 일이지만, 어쨌든 고양이 눈만큼은 밝았어.'

태양의 온기와 꾸준히 움직여 준 덕분에 이제 왼손에 난 쥐는 완전히 풀렸다. 이제는 힘을 왼손에다 싣기 시작했다. 그리고 등의 근육을 움츠려 밧줄에 쓸려 난 상처의 아픔을 달래 보려고 했다.

"얘야, 네가 아직도 지치지 않았다면, 너도 나처럼 이상한 고기임에 틀림없어."

노인은 소리 내어 말했다.

노인은 이제 지칠 대로 지쳤다. 곧 밤이 올 것이다. 그래서 어떤 다른 것을 생각해보려고 궁리했다. 그는 야구 리그를 떠올렸다. 노인은 그것을 메이저리그라는 영어보다는 스페인어로 '그란리가스'라고 하는 편이 훨씬 친근감이 들어 좋았다. 노인은 뉴욕 양키스와 디트로이트의 타이거스가 시합 중인 것을 알고 있었다.

'쥬에고(스페인어로 시합이라는 뜻)의 결과를 모른 채 지난 게 이틀째로구나. 나는 자신감을 가져야만 해. 발뒤꿈치 뼈가 아픈 데도 불구하고 끝까지 시합을 해내는 위대한 '디마

지오'에게 부끄럽지 않도록 해야 한다구. 나라고 져서야 되겠는가.'

노인은 자문자답했다.

"뼈가 아프다는 것을 뭐라고 하더라? '운 에스푸에라 데 페소'이다. 뼈에 고장이 났다는 건데, 그런 건 우리는 모르는 일이다. 하지만 그 고통은 발뒤꿈치로 서로 차는 싸움닭의 고통만 할까? 한쪽 눈이 빠지거나 더 처참한 경우는 양쪽 눈이 다 빠진 상태에서도 정신없이 싸우는 투계처럼 싸워 나갈 수는 없다. 인간은 너무 나약해. 이런 대단한 새나 짐승들과는 비교가 안 돼. 아무것도 아니지. 그러니 나도 차라리 저 캄캄한 바닷속에 사는 거대한 짐승이나 되어버렸으면 좋겠어."

"상어만 나타나지 않는다면."

노인은 큰 소리로 말했다.

"상어가 오면 저놈이나 나나 가엾은 꼴이 될 테니까 말이야."

'위대한 디마지오가 만약 나와 같은 상황에 처한다면, 내가 지금 이 녀석과 겨뤄 이겨 내는 시간만큼 오래 견뎌 낼

수 있을까?'

'물론 그럴 수도 있겠지. 그는 나보다 더 젊고 힘이 있을 테니까 말이야. 그리고 그의 아버지도 어부였다니까. 그렇지만 뼈가 상하면 역시 꼼짝할 수 없겠지.'

"나야 발뒤꿈치가 아파 보질 않았으니까 알 수 없지만 말이야."

해가 지자, 노인은 자신에게 좀 더 자신감을 불어넣으려고 노력했다. 노인은 카사블랑카에 있는 술집에서 시엔푸에고스에서 왔다는 흑인과 팔씨름하던 일을 기억해 냈다. 그 흑인은 부두에서 제일 힘이 세기로 유명했다. 테이블 위에 분필로 선을 그어 놓고, 그곳에 팔꿈치를 올려놓은 다음 팔을 꼿꼿이 세웠다. 그리고 서로의 손을 움켜잡은 채 힘을 겨루며 하루 낮과 밤을 새웠다. 두 사람 모두 상대방의 손을 테이블 위에 넘어뜨리려고 안간힘을 쓰며 버텼다.

둘의 승패를 두고 사람들은 상당한 돈을 걸었다. 석유 불빛 아래서 사람들이 웅성거리며 들락날락했다. 그는 흑인의 팔과 손과 얼굴을 똑바로 바라보았다. 처음 여덟 시간이 지나자, 심판이 잠을 잘 수 있도록 네 시간마다 심판을 바

폈다. 두 사람은 손톱 밑에서 피까지 배어 나왔다. 두 사람은 서로 상대방의 눈빛을 살피면서 손과 팔에서 눈을 떼지 않았다. 돈을 건 사람들은 초조한 심정으로 방을 들락거리기도 하고, 벽 옆의 높다란 의자에 앉아서 초조한 마음으로 시합을 지켜보기도 했다. 나무로 된 주위 벽은 밝은 푸른색 페인트로 칠해져 있었다. 램프 불이 벽에 모든 것의 그림자를 만들고 있었는데 흑인의 그림자는 엄청나게 컸다. 미풍에 램프 불이 흔들릴 때마다 그 큰 그림자도 벽 위에서 흔들거렸다.

밤새도록 승부는 결정 나지 않았다. 사람들은 흑인에게 럼주를 먹이고 담배를 물려주기도 했다. 흑인은 럼주를 들이켤 때마다 술기운 탓인지 맹렬한 기세로 덤벼들었고, 한번은 노인이, 아니 그땐 엘 캄페온(스페인어로 선수라는 뜻)인 산티아고였는데, 8센티미터가량이나 밀려서 하마터면 질뻔했다. 그러나 죽을힘을 다해 팔을 수직으로 다시 세웠다.

그때 노인은 덩치가 크고 대단한 근력을 가진 이 검둥이가 녹초가 되었음을 간파하고 이길 수 있다는 자신감을 얻었다. 새벽녘이었다. 돈을 건 사람들이 무승부 판결을 요구

하고, 심판마저 고개를 갸우뚱하고 있을 때, 그는 있는 온 힘을 다해 흑인의 손을 점점 아래로 꺾어 내리면서 드디어 테이블에 철썩 갖다 눌러 버렸다. 시합은 일요일 아침에 시작해서 월요일 아침에야 끝이 났다. 돈을 건 사람들은 몇 번이고 무승부를 제안했었다. 그들 대부분은 부두에 나가서 설탕 부대를 지거나 또는 아바나 석탄회사에 나가 일을 해야 했기 때문이었다. 그렇지 않았다면 시합을 마지막까지 구경하며 즐겼을 것이다. 어쨌건 그는 모든 사람이 일하러 가기 전에 통쾌한 승리를 보여준 것이다.

그 일이 있은 후 오랫동안 사람들은 그를 챔피언이라 불렀다. 봄에는 복수전도 있었다. 그러나 그 시합에는 사람들이 돈을 많이 걸지 않았고, 첫 시합에서 '시엔푸에고스'에서 온 흑인을 꺾어 놓은 덕분에 노인은 쉽게 건 돈을 차지했다. 그 후에도 몇 차례 더 승부를 겨룬 일이 있었으나 더는 시합을 하지 않았다. 그는 원하기만 하면 누구든지 이길 수 있었지만, 이런 시합이 고기잡이를 해야 하는 오른손에는 해롭다고 생각했기 때문이다. 그래서 왼손으로 몇 번 시합해보았지만 왼손은 언제나 그를 배신했다. 왼손은 마음

먹은 대로 말을 들어주지 않았다. 그때부터 노인은 왼손을 믿지 않았다.

'햇볕이 따뜻하게 내리쬐면 손은 더 나아지겠지.' 노인은 생각했다. 밤에 날씨가 몹시 추워지지만 않는다면 다시 쥐가 나지는 않을 것이다. 오늘 밤엔 또 어떤 상황에 처할 것인가.

마이애미로 가는 비행기 한 대가 머리 위를 지나갔다. 그 그림자에 놀라 한 무리의 날치 떼가 뛰어오르는 것이 보였다.

"날치가 저렇게 떼를 이루고 있는 것을 보니, 틀림없이 돌고래도 있겠어."

노인은 고기를 조금이라도 더 끌어올릴 수 있을까 싶어서 다시 한 번 줄을 잡아당기면서 버텨보았다. 그러나 놈은 끄덕도 하지 않았고, 끊어질 듯 팽팽해진 줄이 부르르 떨면서 물방울을 튀겼다. 배는 계속해서 천천히 앞으로 나아갔다. 노인은 비행기가 보이지 않을 때까지 지켜보았다.

그리고 노인은 생각했다.

'비행기를 타고 있으면 기분이 이상할 거야. 저렇게 높은 곳에서는 바다가 어떻게 보일까? 너무 높이 날지만 않는다면 고기도 잘 보일 텐데. 나도 한 번쯤은 200여 미터 되는 높이에서 아주 천천히 날면서 고기들을 내려다봤으면 좋겠군.

언젠가 거북잡이 배를 탔을 때 돛대 꼭대기의 가름대에 올라가 아래를 내려다본 적이 있었지. 그만한 높이에서는 보이는 것도 꽤 많았어. 돌고래는 더 진한 녹색으로 보였고, 줄무늬랑 보랏빛 반점까지 볼 수 있었지. 그리고 이리저리 헤엄쳐 가는 물고기 떼도 보았어.

그런데 검은 해류를 빠르게 헤엄치는 고기들은 왜 잔등은 자줏빛에 자줏빛 줄무늬나 반점을 가지고 있는 것일까? 돌고래는 사실 황금빛이기 때문에 녹색으로 보이는 것일 터. 그러나 정말 배가 고파서 먹이를 잡아먹을 때는 청새치처럼 양쪽 배때기에 자줏빛 줄무늬가 나타난단 말이야. 그 이유는 뭘까? 화가 나서 그런 걸까? 아니면 한층 더 속력을 내기 위함일까?'

날이 어두워지고 있었다. 배는 조그만 섬처럼 부풀어 오른 해초 옆을 지나갔다. 해초는 변덕스런 파도에 이리저리

시달리면서 표류하고 있었다. 바다가 마치 누런 담요 밑에서 누군가와 사랑을 하고 있는 모습처럼 보였다. 그때 작은 낚싯줄에 걸린 돌고래가 갑자기 물 위로 튀어 올라왔다. 석양빛을 받은 비늘이 금색으로 빛나면서 엎치락뒤치락 사납게 날뛰었다. 고기는 계속해서 몇 번이나 뛰어올랐다. 공포의 곡예였다. 노인은 재빠르게 뱃고물 쪽으로 기어가 웅크리고 앉았다. 큰 낚싯줄을 오른손과 팔로 잡으면서 왼손으로 돌고래가 걸린 줄을 잡아당겼다. 끌어당길 때마다 당겨진 줄을 왼발로 누르고, 조금씩 뱃고물 가까이로 끌어들였다. 끌려오는 도중에도 고기는 필사적으로 뒤척이며 날뛰었다. 노인은 뱃고물 쪽으로 바짝 잡아당겨 고기를 배 안으로 끌어올렸다. 보랏빛 반점이 있는 몸통은 금빛으로 번쩍거렸다. 낚싯줄을 깨물어 뜯으려는 듯 턱이 발작적으로 떨리고 있었다. 길고 넙적하게 누운 고기는 꼬리와 머리로 동시에 뱃바닥을 세차게 쳐댔다. 노인은 번쩍번쩍 빛나는 대가리를 몇 번이고 몽둥이로 내리쳤다. 고기는 잠시 몸을 떨면서 경련하더니 곧 조용해졌다.

노인은 고기 주둥이에서 낚싯바늘을 빼낸 뒤 다시 정어

리를 매달아서 물에 던졌다. 그리고 천천히 뱃고물 쪽으로 기어가 바닷물에 왼손을 씻고는 바지에 닦았다. 그런 다음 무거운 낚싯줄을 반대쪽 왼손으로 옮기고 이번에는 오른손을 씻었다. 그러면서 해가 바닷속으로 사라져 가는 풍경과 굵은 줄이 비스듬히 드리워져 있는 모양을 유심히 바라보았다.

"저놈은 조금도 지친 기색이 안 보이는구나."

노인은 중얼거렸다. 그러나 손에 물이 닿는 모양으로 보아 속력이 눈에 띄게 느려진 것을 알 수 있었다.

"음, 뱃고물에다 두 개의 노를 다 매어 두어야겠다. 그러면 밤사이에 속력이 많이 떨어지겠지."

노인은 다시 중얼거렸다.

"이놈은 밤이 되면 기운이 생기나 봐. 하긴, 나도 그렇지만."

노인은 잡아 올린 돌고래를 보며 생각했다.

'돌고래 살 속의 피가 마르지 않도록 하려면 내장은 좀 더 있다가 빼는 것이 좋을 것 같은데……. 그 일은 조금 있다가 하기로 하고, 고기가 끌기 힘들도록 노를 매어야겠어. 하지만 당분간은 그냥 조용히 내버려 두어야겠어. 해질녘

이니까 너무 성가시게 하지 않는 게 좋아. 어떤 물고기든 해질 무렵에는 다루기가 더 어려운 법이니까.'

노인은 바람에 손을 말렸다. 그리고 줄을 잡고는 될 수 있는 한 편한 자세로 뱃전에 몸을 기대고 고기가 끄는 대로 배가 끌려가게 두었다. 그렇게 하면 자신이 들인 노력만큼, 아니 그보다 더 배가 힘을 받기 때문이다.

노인은 생각했다. '이제 요령이 생기는구나. 이런 방법이면 나에게 유리하게 진행되어 가고 있는 거야. 저놈은 낚시에 걸렸을 때부터 아직 아무것도 먹지 않았어. 덩치를 보면 여간 많이 먹지 않고는 체력을 감당할 수 없을 텐데 말이야. 하지만 나는 다랑어 한 마리를 다 먹었어. 내일은 또 돌고래를 먹을 거야.'

그는 돌고래를 스페인어로 '도라도'라고 불렀다.

'내장을 빼낼 때 조금만 먹어둬야지. 다랑어보다는 먹기가 어려울 테지만 말이야. 하지만, 그렇게 생각하면 세상에 쉬운 일이 어디 있겠나.'

"이봐, 고기 친구, 지금 기분이 어떤가?"

노인은 큰 목소리로 다시 고기에게 말을 걸었다.

"나는 기분이 괜찮은 편이야. 왼손도 많이 나았고. 오늘 밤과 내일 낮 동안의 먹을 것도 충분히 있네. 이봐, 자넨 계속해서 배나 끌게나."

그러나 사실은 전혀 타격이 없는 것은 아니었다. 등에 메고 있는 낚싯줄은 통증을 넘어서서 등을 거의 무감각하게 만들고 있었다. 이미 그렇게 되리라는 것을 알고는 있었지만, 좀 전에는 통증의 정도가 심했다. 그럼에도 노인은 생각했다. 오른손은 약간 긁힌 상처에 지나지 않고, 왼손의 쥐는 풀렸다. 다리는 여전히 튼튼하고, 식량 사정은 내가 훨씬 유리하다.

9월이면 해가 지자마자 바다는 이내 어둑해진다. 노인은 낡은 뱃전에 기댄 채 할 수 있는 한 편한 자세로 휴식을 취했다. 첫 별이 나타났다. 노인은 그 별의 이름이 리겔이라는 것을 알지 못했으나 이맘때쯤 그 자리에 떠 있는 별이라는 것을, 곧 수많은 별이 나타나리라는 것을, 더욱 먼 곳의 친구들과도 만나게 되리라는 것을 알았다.

"고기도 내 친구이긴 하지."

그는 소리 내어 말했다.

"저런 고기는 내 평생 듣도 보도 못했단 말이야. 그렇지만 나는 저놈을 죽이지 않을 수 없어. 별들은 죽이지 않아도 되니 얼마나 다행인가."

'날마다 사람이 달을 죽여야 한다고 상상해보자. 달은 달아나고 말 테지. 또 날마다 해를 죽여야 한다면, 그건 얼마나 끔찍한 일인가. 그렇게 타고나지 않은 게 정말 다행이지.' 노인은 마음속으로 또 생각했다.

생각이 여기에 미치자 노인은 여태껏 아무것도 먹지 못한 고기가 불쌍해졌다. 그러나 결코 연민의 정이 앞서 고기를 죽이겠다는 마음이 변할 수는 없는 일이었다. 저놈을 잡으면 많은 사람이 배를 채울 수 있다고 노인은 생각했다. 하지만 그러면서도 노인은 느끼고 있었다.

'과연 인간들이 저 고기를 먹을 만한 자격이 있을까? 아니야. 자격이 없어. 저렇게도 당당하고, 위엄 있는 저 놈을 먹을 수 있는 사람은 단 한 사람도 없을 거야.'

노인은 이러한 일들에 생각이 미치자 정신이 혼란해졌다. 그러나 태양이나 달이나 별들을 죽이려고 애쓰지 않는다는 것만으로도 얼마나 다행스러운 일인가. 바다를 삶의 터전으로 삼으면서 우리 곁의 진정한 형제들을 죽이는 것만으로도 충분하다.

'잡념을 버리자. 이젠, 고기의 힘을 빼는 일에 대해서만 생각하면 되는 거야.' 노인은 마음을 가다듬었다. '이 상태로 노를 배에 묶어두고 배의 속력을 늦춘다면 물론 좋은 점도 있고 나쁜 점도 있을 것이다. 저놈이 마지막 힘을 내서 질주할 때 나는 계속 줄을 풀어줘야만 한다.

그럴 경우 고기를 놓칠 수도 있을 것이다. 그렇다고 배를 가볍게 한다면 서로의 고통을 연장하는 것밖엔 되지 않는다. 그러나 저놈은 대단한 속력을 가지고 있기 때문에 나로서도 안전하다. 어쨌든 기운을 보충하기 위해서 돌고래가 상하지 않도록 내장을 빼내고 살코기를 좀 먹어 두자.

그리고 지금 상태로 한 시간쯤 휴식을 취해야겠다. 뱃고물 쪽으로 가서 일하는 것은 그다음에 해도 괜찮겠지. 그리고 결정을 내리자. 그러는 동안 고기가 어떠한 행동과 변화를 일으킬지 알 수 있을 테니까. 노를 배에다 묶어 둔 것은 좋은 생각이었어. 그리고 이제는 안전을 제일로 생각할 때가 된 것 같아. 아직도 녀석의 힘은 대단하군. 얼핏 보기에는 낚싯바늘이 주둥이 구석에 꽂혀 있고, 주둥이는 꽉 다물려 있다. 저런 거물에게 낚싯바늘은 문제가 아니겠지만, 굶주림이라는 고통과 미지의 대상과의 싸움은 큰 문제다. 이 늙은이야, 지금은 푹 좀 쉬어두게나. 그리고 다음 할 일이 생길 때까지는 녀석이 마음대로 날뛰도록 그냥 놔두라고.'

휴식으로 두 시간은 족히 지난 듯했다. 늦도록 달이 떠오르지 않아서 시간을 짐작할 수가 없었다. 그래도 비교적 많이 쉰 편이지만 완전히 쉬었다고 볼 수는 없었다. 노인은 여전히 고기가 끄는 힘을 어깨로 느끼면서 버텨 내고 있었다. 그러나 그는 이제 왼손으로 이물의 뱃전을 잡고서 요령을 부렸다. 고기를 끌어당기는 데 드는 힘을 자신이 아닌 선체에 지우려고 애썼다. 이 줄을 고정시킬 수만 있다면 일은 아주 간단해진다. 그러나 그럴 경우, 고기가 별안간 물속으로 뛰어드는 날엔 단번에 줄이 끊어져버릴 것이다. 고기가 잡아당길 때, 몸으로 무게를 조절하며 두 손으로 줄을 풀어줄 준비가 되어 있어야만 한다.

"하지만, 이보게 늙은이, 자네는 어제부터 잠깐도 눈을 못 부치지 않았는가 말이야."

노인은 자신에게 큰 소리로 말했다.

"그 후 반나절과 하룻밤 그리고 또 하루를 못 잤어. 그러니까 고기놈이 저렇게 조용하게 있는 동안만이라고 잠잘 방도를 강구해야만 해. 잠을 자지 않으면 머리가 흐리멍덩해질 테니 말이야."

'하지만 내 머리는 아주 맑은데 뭘.' 노인은 맑고 명료한 것이 별처럼 초롱초롱하다고 생각했다. 그래도 잠은 자야 한다. 별도 잠을 잔다. 달도 자고, 해까지도 잠을 자지 않느냐 말이다. 심지어 바다마저도 조류(潮流)가 거울처럼 조용한 날이면 잠을 잔다.

그러니 잠자는 것을 잊어서는 안 된다. 노인은 자신에게 타일렀다. 억지로라도 자고, 낚싯줄에 대해서는 좀 더 쉬우면서도 확실한 방도를 강구해보자고. 이젠 돌고래를 요리할 시간이다. 잠을 잔다면 뱃고물에다 노를 매어 둔다는 것은 매우 위험한 일이다.

"하긴 뭐, 난 잠을 안 자고도 견딜 수 있어."

노인은 혼잣말을 했다. 그러나 그것은 너무나 위험한 생각이다. 노인은 고기에게 갑작스런 충격을 주지 않으려고 조심조심 뱃고물 쪽으로 기어갔다. '혹시 저 고기놈도 반쯤은 자고 있을지도 몰라. 놈이 잠을 자게 해서는 안 되지. 그놈이 죽을 때까지 배를 끌도록 해야 해.'

뱃고물 쪽으로 와서는 어깨에 걸려 있는 줄이 당기는 힘을 왼손에 의지하며 몸을 돌렸다. 그리고 오른손으로 칼을 꺼냈다. 이미 하늘에는 별이 총총 떠 있었다. 별빛에 돌고래의 모습이 선명하게 보였다. 칼을 돌고래 머리에 꽂고 뱃고물 밑창에서 끌어내어 발로 몸통을 누르고 항문에서 아래턱까지 단칼에 베어냈다. 그리고 내장을 빼냈다. 더러운 것을 말끔히 긁어내고 아가미도 모두 뜯어냈다. 위가 무겁게 느껴지고 미끈거려 갈라보니 아직 싱싱하고 살도 단단한 날치 두 마리가 들어 있었다. 노인은 돌고래의 내장과 아가미를 뱃전 너머로 던져버렸다. 그것들은 물 위에 인광의 꼬리를 남기며 바닷물 깊숙이 가라앉았다.

돌고래 몸통은 차디찼으며, 별빛을 받아 백회색으로 빛났다. 노인은 오른발로 물고기의 대가리를 누르고 한쪽 껍질을 벗겼다. 그리고 다시 뒤집어서 다른 쪽의 껍질을 마저 벗긴 뒤에 대가리에서 꼬리까지 살을 발랐다.

노인은 뼈를 물에 던지며 물속에 소용돌이가 이는지 살폈다. 그러나 그것은 희미한 빛을 남기며 천천히 가라앉을 뿐이었다. 그는 몸을 돌렸다. 돌고래의 저며 낸 살점 가운데에 날치 두 마리를 놓고는 칼을 칼집에 넣었다. 그러고는 천천히 뱃머리 쪽으로 되돌아왔다. 노인의 등은 낚싯줄의 무게 때문에 한껏 굽어 있었고 오른손엔 고기가 들려 있었다.

뱃머리로 돌아온 노인은 판자 위에 돌고래의 고깃점을 가지런히 놓고 날치도 곁에 내려놓았다. 그런 다음에 어깨에 메고 있던 줄을 옮기고 뱃전에 올려놓았던 왼손으로 다시 꽉 움켜잡았다. 노인은 뱃전 너머로 몸을 기울이고 날치를 씻으면서 손에 와닿는 물의 압력을 감지하였다. 돌고래의 껍질을 벗긴 손에서 인광이 흘렀다. 손에 느껴지는 물결의 속도는 전보다 느렸다. 배의 널빤지에 손을 문지르자 반짝이던 껍질이 떨어져서 뱃머리 쪽으로 천천히 흘러갔다.

"저놈도 아마 지쳤든지 쉬는 걸 거야."

노인은 중얼거렸다.

"그럼 나도 돌고래를 좀 먹고 한숨 자볼까."

밤이었고, 날씨는 점점 추워졌다. 별빛 아래서 노인은 아까 집어 온 돌고래의 얇은 살점을 반쯤 먹고, 내장과 머리를 떼어버린 날치 한 마리도 다 먹어치웠다.

"돌고래는 제대로 요리해서 먹으면 정말 맛있는 생선인데."

노인은 말했다.

"그런데 날로 먹으면 형편없단 말이야. 다음에는 소금이나 귤을 챙기는 걸 절대 잊지 말아야지."

사실 조금만 더 신경을 썼더라면 뱃전에 물을 뿌려 말려서 소금을 만들 수도 있었다. 그러나 노인이 돌고래를 낚았을 때는 이미 해가 진 다음이었다. 그래도 역시 준비 부족인 것은 틀림없다. 다만, 고기를 꼭꼭 잘 씹어서 삼켰더니 구역질은 나지 않았다.

동쪽 하늘에 구름이 덮이는가 싶더니 이내 별들이 하나둘씩 사라졌다. 마치 거대한 구름 계곡으로 빨려 들어가는 것 같았다. 바람도 완전히 멎었다.

"사나흘 후에는 날씨가 나빠지겠군. 오늘 밤이나 내일은 괜찮을 거고. 이봐, 늙은이, 고기가 얌전할 때 한잠 자두도록 하지."

노인은 오른손으로 줄을 단단히 잡고 그 위를 허벅다리로 힘껏 누른 후, 온몸의 무게를 뱃머리에 떠맡기듯이 누웠다. 그리고 어깨의 줄을 약간 늦추고 그 위에 왼손을 얹고 줄을 단단히 눌렀다.

오른손은 줄이 팽팽하기만 하면 끝까지 잡고 있을 수 있을 거라고 생각했다. 만약 자는 동안 줄이 당겨지면 줄이 풀려나가면서 당장 왼손에 울려서 나를 깨울 것이다. 허벅다리 밑의 오른손이 약간 힘들겠지만 오른손은 고통을 이겨 내는 데 익숙하다. 20~30분만 자도 좋아질 것이다. 노인은 온몸의 무게를 오른손에 걸고 낚싯줄에 기대어 앞으로 웅크린 채 잠이 들었다.

노인은 사자 꿈을 꾸지 않았다. 그 대신 꿈에서 12킬로미터에서 16킬로미터나 뻗어 무리를 이루어 가는 돌고래 떼를 보았다. 아마도 돌고래의 교미기인 모양이다. 돌고래들은 공중으로 높이 뛰어올랐다가 이상하게도 뛰어오를 때 생긴 구멍으로 다시 떨어지곤 했다. 그리고 계속 꿈을 꾸었는데, 노인은 자기 침대에 누워 있었다. 북풍이 불어닥치고 몹시 추웠다. 꿈속에서는 오른팔을 베개 대신 베고 잤기 때문에 오른팔이 저렸다.

그런 다음, 노인은 길게 뻗은 황금 해안 꿈을 꾸기 시작했다. 이른 새벽 어두컴컴한 바닷가로 사자 몇 마리가 내려오는 것을 보았다. 이윽고 다른 사자들도 나타나기 시작했다. 노인은 뱃머리의 나무 널빤지에 턱을 괴었다. 그곳에 닻을 내린 채 배는 육지에서 불어오는 미풍을 받고 있었다. 그는 더 많은 사자가 나타나길 기다리고 있었다. 그리고 행복했다.

달이 뜬 지도 벌써 오래되었건만, 노인은 계속 잠을 자고 있었다. 고기는 쉬지 않고 낚싯줄을 끌고 헤엄쳤고, 배는 구름의 터널 속으로 미끄러져 갔다.

노인은 갑자기 눈을 떴다. 주먹 쥔 오른손이 홱 잡아당겨지면서 얼굴을 치고 오른손 바닥이 불에 타듯이 줄이 풀려나갔다. 왼손은 아무런 감각도 없었다. 노인은 오른손에 온 힘을 모아 줄을 제어하려 했다. 역부족이었다. 드디어 왼손도 줄을 찾아서 잡았다. 노인은 재빠르게 줄을 등에 매었다. 그러자 등과 왼손이 불로 달궈진 것처럼 뜨거워졌다. 온 힘을 다해 줄을 잡는 바람에 왼손을 심하게 베었다. 감아 놓은 여분의 줄은 순조롭게 풀려나가고 있었다. 바로 그때, 놈이 요란한 소리와 함께 수면 위로 뛰어올랐다. 그리고는 다시 첨벙 하는 소리와 함께 물속으로 곤두박질쳤다. 놈은 계속 뛰어오르면서 날뛰었다. 줄은 계속 풀려나가고, 배는 무서운 힘으로 이리저리 끌려다녔다. 노인은 줄이 아슬아슬하게 끊어지려는 순간까지 팽팽하게 잡아당겼다가 놓기를 반복하였다. 놈의 힘에 달려 뱃머리 쪽에 바싹 끌려가서는 잘라 놓은 돌고래의 고깃점 위에 얼굴을 짓눌린 채 꼼짝 못할 지경이 되었다.

노인은 생각했다.

'이렇게 되기를 기다렸던 거야. 자, 이젠 사태를 받아들여야지.'

이제 노인은 고기가 뛰어오르는 모습을 볼 수 없었다. 다만 바다가 튀어 오르는 소리와 물속으로 고기가 떨어질 때 바다가 파이는 소리만이 들려올 뿐이었다. 예상한 대로 줄이 풀려나가는 속도로 인해 손이 몹시 상했다. 이미 감각이 무뎌진 부분에는 상처가 나도록 내버려 두었다. 줄이 손바닥의 부드러운 곳을 파고들지 않도록, 또 손가락이 상하지 않게 하는 데 온 신경을 써야만 했다.

이럴 때 그 아이가 있다면 낚싯줄에 물을 적셔 주었을 텐데, 하고 노인은 생각했다.

'그래, 그렇구말구, 아이가 여기 있다면……'

낚싯줄은 계속 풀려나갔지만 그 속도는 점점 느려졌다. 노인은 고기가 한 차라도 줄을 끌고 나가는 것에 힘이 들도록 최선을 다하였다. 이제 노인은 나무에서 머리를 들고 뺨 밑에 짓눌려 있던 고깃점에서 얼굴을 떼었다. 이윽고 노인은 무릎을 세우고 천천히 일어섰다. 노인은 줄을 풀어주기는 했지만, 아주 천천히 조금씩 풀어준 것이었다. 노인은 발로 더듬으면서 낚싯줄을 감아 놓은 곳으로 되돌아갔다. 아직도 줄의 여유는 많았다. 이제 놈은 풀려나간 새로운 줄의 무게까지도 감당하면서 배를 끌어야만 하는 것이다.

노인은 회심의 미소를 지었다.

'저놈은 10여 차례나 수면 위로 뛰어올라 부레에 공기가 가득 찼을 거란 말이야. 그러니 부력 때문에 내가 끌어올릴 수 없는 깊은 곳에 가라앉아서 죽을 수는 없게 되었지. 이 제 곧 선회하기 시작할 거야. 그렇게 되면 손을 써야겠지.

그런데 저놈이 왜 그렇게 날뛰었을까. 배가 고파서 자포자기한 건가? 아니면, 밤사이에 뭔가에 겁을 먹었나? 겁을 먹은 게 틀림없을 것 같아. 그러나 놈은 침착하고 힘이 세지. 공포 따윈 느낄 리 없고 자신만만할 텐데 말이야. 이상한 일이로군.'

"이보게, 늙은이. 자네도 두려워할 게 아무것도 없어. 자신감을 가지면 되는 거야."

노인은 말했다.

"놈이 자네 손안에 있긴 하지만 줄을 잡아당기지는 못할 거야. 그러나 저놈은 곧 빙글빙글 돌기 시작할 걸세."

노인은 얼굴에 붙은 돌고래의 살점에서 나는 냄새 때문에 구역질이 날 것 같았다. 그래서 왼손과 어깨로 바닷속의 고기를 다루면서 살며시 엎드려 오른손으로 물을 떠서 얼굴을 깨끗이 씻어냈다. 이어서 오른손을 뱃전 너머로 내밀고 씻은 후 짜디짠 바닷물 속에 손을 담근 채 허옇게 동이 터오는 동녘 하늘을 바라보았다. 놈이 지친 증거가 나타나고 있었다. 조류가 동쪽을 향해 흐르는데 놈이 가는 방향도 동쪽이었다. 조류와 함께 떠내려가는 것이었다.

'이제 저놈이 곧 빙글빙글 돌기 시작할 테지. 그러면 그때부터 우리의 일도 시작되는 거야.'

꽤 오랫동안 오른손을 물속에 담그고 있었다. 노인은 손을 들어 살펴보았다.

"별거 아니군. 사나이가 이 정도에 약해져서야 쓰나."

노인은 상처 부분에 낚싯줄이 닿지 않도록 조심해서 줄을 쥐고는 고기의 무게를 옮기고, 이번에는 반대편 뱃전 너머로 왼손을 바닷물에 담갔다.

"네가 쓸모없는 짓을 하느라고 이렇게 심하게 다친 것은 아니야."

노인은 왼손에게 말했다.

"하지만 네가 어디 갔는지 종종 보이지 않을 때가 있었다니까."

'왜 나는 두 손 모두를 잘 쓸 수 있도록 태어나지 못했을까? 하긴, 오른손만 주로 써서 왼손을 제대로 훈련시키지 못한 내 잘못도 있지. 그러나 배울 기회는 얼마든지 있었어. 하지만 간밤에는 단 한 번 쥐가 나긴 했어도 그리 서툴진 않았어. 만약 다시 쥐가 난다면 낚싯줄에 왼손이 잘려 버린

대도 내버려 두겠어.'

이런 생각을 하면서도 노인은 자신의 머리가 맑지 않다는 것을 알았다. 돌고래라도 좀 더 씹어야겠다고 생각했으나, 곧 그럴 수는 없는 노릇이라고 중얼거렸다. 구역질로 기운이 빠져버리는 것보다는 머리가 흐리멍덩해지는 편이 나을 것 같았다. 그리고 그 고깃점 속에 얼굴을 처박고 있었더니, 먹는다고 해도 소화를 시키지 못할 것 같았다.

"상할 때까진 긴급용으로 간직해 두기로 하자. 그러나 이제는 영양분을 섭취해서 기운을 되찾기에는 시간이 너무 늦은 것 같군. 난 바보다." 노인은 혼잣말로 중얼거렸다. "남은 날치라도 먹어보지그래."

날치는 언제든지 먹을 수 있게 깨끗하게 요리되어 있었다. 노인은 그것을 왼손으로 집어 뼈째 깨물어 가면서 꼬리 부분까지 다 먹어치웠다.

'날치란 놈은 어떤 물고기보다도 영양가가 높은 놈이다. 적어도 내게 필요한 자양분 정도는 줄 수 있을 거야. 이제 내가 할 수 있는 일은 다 했다. 이제는 고기가 빙빙 돌며 회전하도록 유도해야 하고, 싸움이 시작되도록 해야 해.'

노인이 바다로 나온 후 세 번째 태양이 솟아오르고 있었다. 때맞춰 고기도 선회하는 듯했다. 낚싯줄의 경사로는 물고기가 확실하게 돌고 있는지를 알 수 없었다. 노인은 물고기가 줄을 끄는 힘이 약간 약해진 것을 느끼고 오른손으로 가만히 당기기 시작했다. 줄은 여전히 팽팽했다. 금방 끊어질 정도까지 당기자 줄은 갑자기 끌려 들어오기 시작했다. 노인은 양어깨와 머리를 줄 아래로 뺀 뒤 조심스럽게 규칙적으로 끌어당겼다. 노인은 두 손을 젓는 듯한 동작을 취하며 가능한 한 몸과 다리에 끄는 힘을 맡겼다. 노인은 자신의 늙은 다리와 어깨를 줄을 끌어당기는 동작의 추축(樞軸)으로 삼았다.

　"대단한 회전이야."

　노인은 이를 앙다물고 말했다.

　"그래, 저 녀석이 회전하고 있는 것은 틀림없어."

　이윽고 낚싯줄이 더 이상 끌려오지 않는 순간이 왔다. 노인은 다만 줄을 꽉 움켜쥔 채로 햇빛을 받은 팽팽한 낚싯줄에서 물방울이 구슬처럼 튀는 것을 바라볼 뿐이었다. 순간, 다시 세차게 손에서 줄이 풀려나가기 시작했다. 노인은 무릎을 꿇고 어두운 물속으로 끌려가는 줄을 어쩔 수없이 바라보았다.

"저놈이 지금 원의 외곽을 돌고 있는 게로구나."

노인은 될 수 있는 대로 줄을 늦추지 말고 당기고 있어야겠다고 생각했다.

'세게 잡아당길 때마다 고기가 그리는 원은 작아지겠지. 어쩌면 한 시간 안에는 저놈을 볼 수 있게 될 거야. 이젠 저놈의 운명을 알게 하고 반드시 죽여야만 해.'

그러나 고기는 여전히 유유하게 선회하였고, 노인의 몸은 땀으로 젖었다. 두 시간가량이 지나자 피로가 뼛속까지 스며들어왔다. 고기가 그리는 원도 훨씬 작아졌다. 줄의 경사각으로 보아 고기가 조금씩 수면으로 올라오는 것을 알 수 있었다.

노인은 한 시간가량이나 눈앞에서 검은 반점이 아른거리는 것을 보았다. 흐르는 땀으로 인해 눈이 따가웠고 눈 위와 앞이마의 상처가 쓰렸다. 줄을 힘껏 잡아당길 때마다 나타나는 눈앞의 검은 반점이 다소 신경에 거슬렸으나 두렵지 않았다. 그러나 두 번이나 온 아찔한 현기증은 은근히 걱정이 되었다.

"이런 꼴로 고기와 함께 죽을 순 없어."

노인은 말했다.

"이제 곧 아름다운 저놈을 볼 수 있어. 하느님 제발, 견뎌 낼 수 있는 힘을 갖게 하소서. 주기도문을 백 번 외우고, 성모송도 백 번씩 외우겠습니다. 그러나 지금은 외우지 못할 것 같습니다."

그 기도가 끝나자마자 노인은 다시 중얼거렸다.

"외운 걸로 해 두지 뭐. 나중에 외우면 되잖아."

그때 갑자기 두 손으로 잡고 있던 줄이 지금껏 느끼지 못한 강한 힘으로 왈칵 당겨졌다. 온몸을 긴장시킬 정도로 세차고 맹렬한 힘이었다.

'저놈이 창처럼 생긴 주둥이로 철사로 된 낚싯줄을 친 게로구나. 그렇지, 그럴 줄 알았다니까. 그렇게 할 수밖에 없는 거야. 하지만 그 때문에 물고기가 갑자기 뛰어오를지도 모르겠다. 이제 제 스스로 도는 것을 계속하도록 그냥 놓아 두는 편이 낫겠어. 조금 전에 뛰어오른 것은 공기를 채우기 위해서였겠지. 저놈이 뛰어오를 때마다 낚싯바늘에 찔린

상처가 크게 벌어질 거고, 또 그렇게 되면 어느 순간 낚싯 바늘이 빠져나갈 염려도 있다.'

"뛰지 마라, 고기야. 뛰어오르지 마라."

노인은 말했다.

고기는 그 후에도 대여섯 번이나 더 낚싯줄을 쳤다. 그리고 고기가 머리를 흔들 때마다 줄을 조금씩 풀어주었다. '저놈의 고통이 더 이상 심해지지 않도록 다뤄야 할 텐데…….' 노인은 생각했다.

'나의 고통은 문제가 아니다. 나는 스스로 참아낼 수 있지만, 저놈은 지금보다 더 고통스러우면 미쳐 날뛸지도 몰라.'

한참이 지나자 고기는 낚싯줄에 부딪치지 않고 다시 천천히 맴돌기 시작했다. 노인도 쉬지 않고 줄을 끌어당겼다. 그러자 또다시 정신이 아찔해지며 현기증이 났다. 노인은 왼손으로 바닷물을 퍼서 머리를 적셨다. 두세 번 그렇게 한 후, 목덜미를 축이고 문질렀다.

"그래도 쥐가 나지 않아서 다행이야."

노인은 말했다.

"저놈의 고기가 곧 올라올 거야. 물론 나는 마지막까지 견딜 수 있어. 아니, 견뎌야만 해. 그건 말할 필요도 없이 당연한 일이니까."

노인은 뱃머리에 몸을 의지하고 무릎을 꿇었다. 그리고 잠시 동안 줄을 등 뒤로 넘겨 걸쳐 놓았다. 고기가 원의 먼 쪽을 돌 때는 자신도 좀 쉬고, 가까운 쪽을 돌 때는 다시 힘을 내서 싸워보자는 심산이었다.

노인은 뱃머리에 앉아 쉬는 동안 낚싯줄을 당기지 않고 물고기가 저 혼자 한 바퀴 돌도록 내버려 두고 싶은 마음이 간절했다. 하지만 줄이 팽팽해지면서 고기가 배 쪽으로 다가오는 것이 느껴졌다. 그런 기미를 알아차린 노인은 벌떡 일어나 몸을 돌려가며 고기가 끌고 갔던 낚싯줄을 계속 감아 들였다.

그리고 노인은 생각했다. '전에는 이렇게 지치고 피곤해 본 적이 없었는데…… 무역풍이 불어오는군. 이 바람은 고기를 잡는 데 안성맞춤이야. 기다리던 바람이지.'

"저놈이 다음번에 돌기 시작하거든 그때 쉬어야지."

노인이 중얼거렸다.

"기분이 훨씬 좋아졌어. 저놈이 두세 바퀴만 더 돌아주면 잡을 수 있겠는데!"

노인의 밀짚모자는 머리 뒤쪽으로 젖혀져 있었다. 그는 뱃머리에 털썩 주저앉아 원을 그리며 도는 고기의 움직임을 감지하고 있었다.

'계속 돌고 있구나.' 노인은 생각했다. '기회야. 돌고 있을 때 놈을 잡아야 해!'

파도가 꽤 높이 일었다. 이 바람은 제철에 알맞게 부는 바람이다. 집으로 돌아가기 위해선 꼭 필요한 바람이었다.

"남서쪽으로 배를 돌려야겠군."

노인이 말했다.

"바닷길을 잃을 염려는 없지. 쿠바는 길쭉한 섬이니까 말이야."

노인이 문제의 고기를 처음 본 것은 세 번째로 선회할 때였다. 처음에는 배 아래를 한참 동안 지나가는 검은 그림자가 눈에 띄었을 뿐이다. 그 길이가 도저히 믿을 수 없을 만큼 길었다.

"아니야. 저렇게 클 리가 없어."

노인이 말했다.

그러나 사실 고기의 크기는 어마어마하였다. 세 번째 선회가 끝날 무렵, 드디어 고기는 배에서 약 30미터 떨어진 수면 위로 그 모습을 나타냈다. 노인은 물 밖으로 솟아오른 고기의 꼬리를 보았다. 큰 낫의 날보다도 더 길고 날카로운 꼬리는 푸른 수면 위에 엷은 보라색을 드리우며 반짝거렸다. 꼬리는 뒤로 비스듬히 기울어져 있었다. 고기가 해면 바로 아래에서 헤엄치기 시작하자 비로소 노인의 눈에 거대한 몸집과 자줏빛 줄무늬가 보였다. 등지느러미는 누워 있었고 커다란 가슴지느러미는 좌우로 활짝 펴져 있었다.

노인은 물고기의 눈을 똑똑히 바라볼 수 있었다. 그리고 그 고기 주위에 바짝 붙어 헤엄치는 작은 상어 두 마리도 보였다. 상어는 고기 곁에 찰싹 붙기도 하고 또는 떨어져 나오기도 하다가 또 어떤 때는 고기의 배 밑 그늘 속으로 들어가버리기도 했다. 둘 다 길이가 1미터는 되는 것 같았으며 헤엄칠 때는 마치 뱀장어처럼 전신을 굽이쳤다.

노인은 구슬땀을 흘렸다. 태양의 열기만은 아니었다. 고기가 조용하게 돌 때마다 노인은 바짝 긴장하며 줄을 잡아당겼다. 고기는 점점 배 주위로 다가오고 있었다. 이제 두 바퀴만 더 돌면 작살을 꽂을 기회가 올 것이라고 노인은 확신했다.

'그러나 나는 저놈을 더 가까이 끌어와야 한다. 아주 가까이.'

노인은 침착하게 마음속으로 다짐했다.

'그리고 심장을 정통으로 찔러야 해.'

"침착해야 한다. 그리고 기운을 내란 말이야. 늙은이."

노인은 말했다.

예상대로 다시 배 주위를 돌 때 고기는 등을 물 밖으로 내밀었다. 그러나 작살로 찌르기에는 거리가 너무나 멀었다. 그다음 회전 때도 역시 좀 멀었다. 그러나 고기가 물 밖으로 몸을 훨씬 더 많이 드러냈기 때문에 조금만 더 줄을 끌어당기면 고기를 배에 나란히 댈 수 있을 것이라는 확신이 생겼다.

노인은 작살을 준비했다. 작살에 달린 가는 줄은 감아서 둥근 광주리 안에 넣고, 그 끝은 뱃머리의 말뚝에 단단히 매어 놓았다.

고기는 조용하고도 아름다운 모습으로 맴돌면서 점점

더 가까이 다가왔다. 커다란 꼬리만이 움직였다. 노인은 고기를 배 가까이 끌어들이려고 안간힘을 다하였다. 그 순간 고기는 기우뚱하면서 잠깐 배를 드러냈으나 그것도 잠시, 곧 다시 기운을 차리고는 원을 그리며 돌기 시작하였다.

"저것 봐. 내가 녀석을 움직였어. 내가 움직이게 했다고."

노인이 큰소리로 말했다.

바로 그때 노인은 또다시 현기증을 느꼈다. 하지만 온 힘을 다해서 낚싯줄을 잡고 늘어졌다. '내가 분명히 저놈을 움직였어.' 노인은 생각했다. '기다려라. 이번에야말로 끝장 내고 말테니. 손아, 끌어당겨라. 다리야, 제발 버텨라. 그리고 머리야, 넌 마지막까지 날 위해 견뎌줘야 한다. 알겠지.' 노인은 간절히 바랐다. '제발 날 위해 견뎌다오. 나는 정신을 잃은 적은 없었으니까. 이번에야말로 틀림없이 바싹 끌어당기고 말 테다.'

그러나 노인은 고기가 나란히 뱃전에 와 닿기도 전에 전력을 다해 끌어당겼다. 고기는 끌려오는 듯 하더니 한 번 몸을 뒤척여 전세를 가다듬은 후 노인에게서 도망치기 시작했다.

"기다려."

노인은 소리를 질렀다.

"기다려라, 이놈아. 어차피 너는 죽을 운명 아니냐. 아니면 네가 날 죽일래?"

그러한 것들이 다 무슨 소용인가 하고 노인은 생각했다. 입안이 바짝바짝 말라 말도 제대로 할 수 없었다. 물병에 손을 뻗힐 기운도 없다. '이번에는 저놈을 틀림없이 뱃전으로 끌어와야 해. 더 이상 돌게 내버려 둔다면 내가 견뎌 내지 못할 것 같구나.' 노인은 스스로에게 다짐하였다. '아니야, 그럴 린 없어. 나는 언제까지나 끄떡없어. 그럼 그렇고말고.'

다시 고기가 돌기 시작하며 가까워졌고, 고기는 거의 노인의 손아귀에 들어온 것이나 마찬가지였다. 그러나 고기는 또다시 기운을 차려 몸을 곧추 세운 채 천천히 멀어져 갔다.

'이놈이 나를 아주 죽일 속셈이로구나. 그래, 너에게도 그럴 권리는 있겠지. 그런데 말이야. 나는 지금까지 너처럼 거대하고, 아름답고, 또 지금처럼 침착하고 고결한 놈은 보질 못했어. 그래, 좋아. 그렇다면 이리 와서 날 죽이려무나. 어느 편이 상대를 먼저 죽이건 그건 내가 알 바 아니다. 안 되겠어. 머리가 혼미해지는구나. 머리를 맑게 해야겠어. 맑은 머리로 어떻게 해야 사나이답게 고통을 이겨낼 수 있는가를 생각해내야 한다. 그렇지 않다면 저 고기와 다를 게 뭐란 말이야.'

노인은 스스로에게 계속 다짐을 했다.

"정신 차리자, 머리야. 정신을 바짝 차려, 정신을."

말은 했으나 자기의 귀에도 잘 들리지 않는 목소리였다.

고기는 그 후로 두 번이나 더 배 주위를 돌았지만 형세는 마찬가지였다. '어떻게 되어 가는 걸까……' 노인의 의지는 처음처럼 단단하지 않았다. 낚싯줄을 잡아당길 때마다 노인은 의식을 잃고 기절할 것 같은 상태가 되곤 했다. '뭘 어떻게 해야 할지 모르겠군. 그러나 다시 한 번만 더 해 보자.' 노인은 한 번 더 힘을 썼다. 마침내 고기가 뒤뚱거렸다. 순간 노인도 정신이 아찔해졌다. 결과는 마찬가지였다. 고기는 다시 균형을 잡고 거대한 꼬리를 휘저으며 유유히 달아나 버렸다.

'또 한 번만 더 해 봐야지.' 노인은 마음속으로 단단히 결심했다. 그러나 힘 빠진 손은 흐느적거릴 뿐이었고, 이따금 현기증이 나면서 주위가 뿌옇게 흐려지곤 했다.

노인은 다시 해보려고 애썼지만 조금 전과 마찬가지로 의식이 몽롱해져 올 뿐이었다. 이제는 남은 모든 힘을 다 짜냈다. 그리고 온갖 고통을 억누르고자 애썼다. 자신의 남은 힘과 과거의 자존심까지 다 기억해내고 고기가 안겨 준 극심한 고통과 맞섰다. 마침내 고기의 주둥이가 뱃전에 닿을 듯 말 듯하며 노인의 곁으로 천천히 헤엄쳐 오더니 배를 스쳐 지나가려는 듯 했다. 고기는 은빛으로 빛났고 크고 긴 몸통엔 넓은 보랏빛 줄무늬가 선명하게 보였다.

'지금이다.'

노인은 손으로 잡고 있던 낚싯줄을 발로 밟고 일어섰다. 그리고는 높이 치켜든 작살을 온 힘을 다해서 아니 지금까지 써왔던 힘과는 비교도 안 되는 그런 힘으로, 수면 위로 드러난 거대한 가슴지느러미 바로 뒤쪽 옆구리에 내리 꽂았다. 고기의 몸에 꽂힌 작살이 경련을 일켰다. 노인은 더욱 힘을 가해 작살을 고기의 몸속에 박아 넣었다. 깊은 상처를 입은 고기는 요동을 치기 시작했다. 물 위로 솟구친 고기는 마침내 거대한 몸통을 드러내며 그 힘과 아름다움을 아낌없이 과시했다. 한 순간, 고기는 마치 배에 타고 있는 노인보다도 높은 허공 위에 떠 있는 것처럼 보이더니, 곧이어 철썩하는 요란한 소리와 함께 물속으로 떨어졌다. 바닷물이 튕기며 물보라가 일었다. 노인의 몸과 배는 흠뻑 젖고 말았다. 노인은 갑자기 의식이 몽롱해지고 구역질이 났다. 앞도 잘 볼 수 없었다.

'정신을 잃어선 안 돼.'

노인은 정신을 가다듬으며 거친 두 손으로 작살의 밧줄을 천천히 풀어주었다. 다시 눈이 보이기 시작했을 때, 고기가 물 위에 은빛 배를 드러내고 벌렁 자빠져 떠 있는 것이 보였다.

고기의 아가미 쪽에 작살이 비스듬히 꽂혀 있었고, 심장에서 흘러나온 피는 바닷물을 온통 붉게 물들였다. 그 피는 처음엔 더 깊은 푸른 물속에 있는 고기 떼처럼 검게 보이더니 이어 붉은 노을처럼 서서히 퍼져 나갔다. 고기는 이제 조용히 물결 위에 몸을 뉘인 채 은빛을 발하고 있었다. 노인은

125

희미한 시력을 모아서 언뜻 보았던 것을 재차 확인하려는
듯 그 모습을 쳐다보았다. 그리고는 작살의 줄을 뱃머리 말
뚝에다 감고는 두 손으로 머리를 감싸 쥐었다.

"정신을 차려야 한다."

노인은 뱃머리에 기대면서 자신을 다그쳤다.

'나는 늙었고, 또 너무나 지쳐버렸어. 하지만 방금 내 형
제인 이 고기를 죽였지. 이젠 뒤처리만 남았어. 고기를 배와
나란히 묶을 수 있도록 올가미와 밧줄을 준비해야지. 설사
지금 내 옆에 다른 사람이 있다고 해도 저 물고기를 배에
싣는 것은 불가능해. 고기를 배에 싣게 되면 고기의 무게
때문에 배에 물이 찰 것이고, 그렇게 되면 아무리 열심히
물을 퍼낸다고 한들 차오르는 물을 감당할 수 없기 때문이
야. 이젠 모든 준비를 갖추고 고기를 배에 잘 붙들어 맨 다
음, 돛대를 세우고 돛을 펴 올려서 집으로 돌아가는 거야.'

노인은 고기를 끌어당기기 시작했다. 밧줄을 아가미로 넣
어 주둥이와 꿰어서 뱃머리에다 붙들어 매놓을 심산이었다.

'이놈을 만져보고 쓰다듬어보고 싶구나.' 고기를 바라보
며 노인은 생각에 잠겼다.

'이놈은 내 재산이니까 말이야. 그러나 단지 그 이유뿐만은 아니지. 나는 이놈의 격렬한 심장박동을 직접 내 몸속 깊이 느꼈던 거야. 두 번째 작살을 깊숙이 박아 넣었을 때 말이지. 자, 이제 이놈을 바짝 끌어들여서 붙들어 매자. 놈을 배에 단단히 잡아 맬 수 있도록 꼬리와 허리에 올가미를 하나씩 걸어야겠군.'

"늙은이, 어서 일을 시작해."

노인은 이렇게 말한 뒤 물을 한 모금 마셨다.

"이 녀석과의 싸움은 끝났다. 이젠 뒤치다꺼리를 해야지."

노인은 하늘을 얼핏 쳐다본 후 다시 고기를 바라보았다. 다시 해를 찬찬히 살펴보니 오전이 지난 지 얼마 되지 않은 듯했다. 무역풍이 불어오고 있었다. 노인은 생각했다. '이제 낚싯줄은 아무래도 괜찮아. 집에 가서 그 아이와 둘이서 새로 이으면 되니까.'

"고기야, 이리 온."

노인이 다정히 불렀으나 고기는 가까이 오지 않았다. 바다를 침대 삼아 파도에 몸을 맡기고 벌렁 누워 있었다. 하는 수없이 노인이 배를 저어 고기 쪽으로 다가갔다.

고기 머리를 뱃머리에 묶으면서도 그 크기를 도저히 믿을 수가 없었다. 노인은 고기의 크기에 놀라면서도 자신이 해야 할 일은 서두르지 않고 차분하게 진행했다. 우선 작살 밧줄을 말뚝에서 풀어 고기의 아가미로 넣고 턱으로 빼낸 뒤 창날처럼 뾰족한 주둥이에 감아서 다른 쪽 아가미에서 잡아 뺐다. 그것을 다시 주둥이에 감고 양 끝을 매듭지은 뒤 뱃머리에 있는 말뚝에다 단단히 매고는 밧줄을 끊었다. 이제는 올가미를 꼬리에 씌우는 일만 남았다. 고기는 본래의 색깔인 자줏빛과 은빛으로 변하였고, 손가락을 쫙 편 어른 손보다도 넓은 줄무늬는 꼬리와 마찬가지로 연보랏빛이었다. 고기의 눈은 잠망경의 렌즈처럼 혹은 의식에 참석한 성직자의 눈처럼 초점 없이 무표정했다.

"이 방법 외에는 고기를 죽일 수가 없었어."

노인은 중얼거리며 물을 조금 마셨다. 기분이 한결 나아지는 것 같았다. 이젠 의식을 잃지 않을 것 같았다. 머리도 개운했다. 눈여겨본 고기는 800킬로그램쯤은 족히 되겠다는 생각이 들었다.

"아니야, 훨씬 더 넘을지도 몰라. 내장을 빼내고도 약 3분의 2가 남을 텐데, 킬로그램당 60센트를 받는다면 모두 얼마나 될까? 계산을 하려면 연필이 있어야겠는걸."

노인은 말했다.

'지금 내 머리는 그럴 정도로 맑지 못해. 하지만 오늘 내가 해 낸 일은 훌륭한 디마지오 선수와 비교해도 손색이 없을 것 같단 말이지. 디마지오처럼 발뒤꿈치 뼈는 아프지 않았지만 나도 두 손과 등의 고통은 정말 참기 힘들었어.'

노인은 생각했다.

'뒤꿈치 뼈 타박상이란 어떤 것일까. 어쩌면 우리는 상처가 무엇인지도 제대로 모른 채 아픔을 느끼는 건지도 몰라.'

노인은 그 큰 고기를 뱃머리와 배의 뒤쪽 그리고 배 허리에다 단단히 붙들어 맸다. 고기는 너무 커서 또 한 척의 배를 나란히 갖다 붙인 것 같았다. 노인은 마지막으로 밧줄을 한 가닥 끊어서 물고기의 주둥이가 벌어지지 않도록, 아래턱을 주둥이에 잡아매었다. 입이 열리지 않도록 하기 위해서였다. 그래야 노를 젓는 데 방해가 되지 않기 때문이다. 그러고 나서 돛대를 세우고 갈고리 대와 막대기와 가름대 등 장비를 정리한 뒤, 조각조각 기운 돛을 세웠다.

드디어 배가 물 위를 미끄러져 나아가기 시작했다. 노인은 나침반이 없어도 무역풍의 촉감만으로도 서남쪽 방향을 알 수 있었다. 이젠 돛이 이끌어 가는 대로 움직이기만 하면 되는 것이다. 시장기가 돌았다. 노인은 낚시를 해야겠다고 생각했다. 무엇인가를 먹어야 했고 또 목을 축이기 위해서라도 잡아야 했다. 그러나 가짜 미끼는 보이지 않았다. 미끼로 쓸 정어리는 이미 상해 있었다. 노인은 할 수 없이 누런 멕시코만 해초를 건져 올려 배 안에 털었다. 그러자 해초 속에 있던 잔 새우들이 배 바닥으로 떨어지며 갯벼룩처럼 팔딱팔딱 뛰었다.

열두어 마리는 되는 듯했는데 그중 서너 마리는 꽤 먹을 만한 크기였다. 노인은 엄지와 검지를 이용해 새우의 머리를 따낸 뒤 껍질이며 꼬리까지 잘근잘근 다 씹어 먹었다. 새우는 작았지만 이 조그만 새우가 영양이 풍부하고 맛도 좋다는 것을 노인은 알고 있었다.

물병에는 아직도 물이 두 모금쯤 남아 있었다. 노인은 새우를 먹고 나서 물을 한 모금 마셨다. 배는 크고 무거운 고기와 함께 묶여 있는데도 잘 나아갔고, 그는 키를 잡아 배의 방향을 부드럽게 조종했다. 바로 옆의 고기는 잘 보였다. 노인은 욱신거리는 상처투성이의 두 손과 뱃고물에 기댄 등이 아파 오자 비로소 이 일이 꿈이 아닌 것을 실감했다. 고기와의 싸움이 끝나갈 무렵에는 너무 고통스러워서 이건 차라리 꿈이었으면 좋겠다는 생각이 들기도 했었다.

그래서 고기가 물 밖으로 솟구쳐 올랐다가 바다로 떨어지기 직전에 본 모습에 의아심을 가졌던 것이다. 노인은 그 광경을 도저히 믿을 수가 없었고 심지어 그때는 시력마저 좋지 않아서 눈앞에 펼쳐진 광경도 잘 보이지 않았기 때문이다.

이제 노인은 고기가 바로 옆에 있는 것을 눈으로 확인하였고, 자신의 손과 등도 실제로 아프다는 것을 느끼고 있다. 이 상황은 분명 꿈은 아니었다. 그리하여 노인은 생각한 것이다.

'이 정도의 상처쯤이야 얼마 지나지 않아 나을 거야. 피가 멈춘 손은 바닷물에 담그면 금세 낫겠지. 소금기가 있는 바닷물은 우리 같은 어부들에겐 무엇보다도 제일 잘 듣는 자연의 약이야. 손은 할 일을 완벽하게 해냈고, 또 배는 순조롭게 달리고 있어. 이제 내가 해야 할 일은 머리를 맑게 해 정신을 차리는 것이지. 고기는 주둥이를 꽉 다문 채 꼬리를 수직으로 세웠고 둘은 형제처럼 같이 집으로 향하고 있지 않은가.'

여기까지 생각했을 때 노인은 머리가 약간 희미해짐을 느꼈다. '고기가 나를 데리고 가는 것인가, 아니면 내가 고기를 데리고 가는 것인가?' 노인은 의아했다. '내가 고기를 뒤에 매달아 끌고 가고 있다면 문제는 없다. 아니, 고기가 배에 실려 있다면, 이놈이 모든 위엄을 잃어버린 채 늘어져 있다면 역시 별 문제가 없을 것이다. 그러나 둘은 지금 서로 묶인 채 나란히 항해하여 나아가고 있는 것이다. 만일 고기놈이 나를 데리고 가는 것이라면 그렇게 하도록 내버려두는 거지 뭐.'

노인은 고기와 자기 자신에 대해서 생각했다.

'다만 내가 저놈보다 낫다는 것은 꾀가 있다는 것뿐이다. 그리고 저놈이 나를 해치는 건 아니니까.'

그들은 순조롭게 육지로 항해를 계속하였다. 노인은 소금물에 손을 담근 채 정신을 똑바로 차리려고 애를 썼다.

뭉게구름이 하늘 높이 떠 있고 그 옆으로 엷은 새털구름이 흘렀다. 노인은 짐작했다. 저 모양을 보아 밤새도록 미풍이 불 것이 틀림없다고. 노인은 자신이 거대한 고기를 잡은 것이 꿈이 아님을 확인이라도 하려는 듯 줄곧 고기를 쳐다보며 고기에서 눈을 떼지 않았다.

첫 번째 상어가 습격해 온 것은 한 시간 후의 일이었다. 상어의 공격은 결코 우연한 일이 아니었다. 고기의 검은 피가 깊은 바닷속으로 퍼져나가기 시작했을 때부터 상어는 이미 뒤를 쫓고 있었던 것이다. 상어는 사납고 재빠르게 그리고 정신없이 수면을 가르고 튀어 올라와서 햇살을 받기까지 했다. 그리고 다시 물속으로 들어가 피 냄새가 흐르는 배의 뒤를 계속 뒤따라 온 것이다.

상어는 피 냄새를 놓치기도 하였으나 이내 다시 찾아내 황급히 추적해 왔다. 이놈은 마코라고 불리는 상어로 덩치가 매우 크고 바다에서 가장 빠르게 헤엄을 칠 수 있으며 주둥이를 제외한 모든 것이 아름답게 생긴 놈이었다. 황새치처럼 푸른 등과 은빛의 배를 가졌으며 껍질마저도 부드럽고 아름다웠다. 커다란 턱을 제외한다면 일반 황새치나

다를 바 없었다. 지금은 그 주둥이를 꽉 다물고 높이 솟은 등지느러미는 움직이지 않고 물을 가르며 나아갔다. 이중으로 된 입술 안쪽에는 여덟 줄의 이빨이 안쪽으로 비스듬히 박혀 있었다. 대부분의 상어 이빨이 피라미드형인데 비해 마코 상어의 이빨은 그렇지 않았다. 사람 손가락을 매 발톱처럼 오그렸을 때의 모양과 똑같았으며 이빨의 길이는 노인의 손가락 길이만 했다. 그리고 양쪽이 면도날처럼 예리하고 날카로웠다. 바다의 어떤 고기든지 모조리 잡아먹을 수 있을 만큼 무시무시한 모양이었다. 이놈들은 빠르고, 힘이 세고, 강력한 이빨의 무기를 가졌기 때문에 천하무적이었다. 그러한 놈들이 피 냄새를 맡고 바짝 뒤를 쫓아오고 있는 것이다. 시퍼런 지느러미가 홱홱 물을 가르며 달렸다.

노인은 이놈이 다가오는 것을 보았을 때 이미 마코 상어라는 것을 알았다. 이놈이야말로 바다의 폭군으로 대적할 상대가 없었다. 자기 멋대로 하는 놈이었다. 노인은 긴장하였다. 그리고 쫓아오는 상어를 지켜보면서 작살을 챙기고 밧줄을 단단히 매었다. 밧줄은 고기를 붙들어 맬 때 잘라서 썼기 때문에 짧았다. 이제 노인은 맑은 머리와 함께 온몸에는 결의가 넘쳐흘렀다. 그러나 막연히 희망하지 않았다. 좋은 일은 결코 오래가지 않는다는 속설을 이미 인생 경험으로 알고 있기 때문이다. 노인은 다가오는 상어의 모습을 지켜보다가 배에 묶여 있는 큰 고기를 힐끗 바라보았다.

'차라리 꿈이었으면 좋을 것을……. 이놈의 공격을 막을 순 없겠지만 혹시 이놈을 잡을 수 있을지도 모른다. 망할 놈의 마코 상어 놈, 빌어먹을 놈 같으니라고!'

상어는 재빨리 배의 뒤꽁무니로 달라붙었다. 놈이 고기를 공격했을 때 노인은 쩍 벌린 그놈의 입을 보았다. 그 순간, 상어의 이빨이 쩔꺽하는 소리와 함께 고기의 꼬리 부분이 뜯겨져 나갔다. 상어의 머리가 물 밖으로 불쑥 올라왔고 등도 보였다. 눈알이 이상한 빛을 발했다. 고기의 껍질과 살점이 뜯기는 소리를 들으면서 노인은 상어의 두 눈 사이를 연결하는 선과 코에서 등 쪽으로 뻗어나간 선이 교차하는 한 점에다 작살을 꽂았다. 크고 뾰족한 주둥이와 머리와 커다란 눈알 그리고 짤깍짤깍 소리를 내며 모든 것을 삼켜버릴 듯한 주둥이가 있는 부분이다. 바로 그 지점이 상어의 골이 들어 있는 곳이다. 노인은 어김없이 그 곳에다 작살을 내리꽂은 것이었다. 노인은 꽂은 작살을 피범벅이 된 손으로 있는 힘을 다해 상어의 상처에 쑤셔 넣었다. 노인은 희망에 기대를 걸지 않았다. 다만, 해내야겠다는 결의와 불같이 타오르는 적의뿐이었다.

상어는 온몸에 경련을 일으켰다. 이제 상어의 눈은 이미 살아 있는 눈이 아니었다. 상어의 몸은 또 한 번 뒹굴면서 두 번이나 밧줄로 감아 버렸다. 노인은 상어의 죽음에 잠시 안도하였다. 그러나 상어는 자신의 죽음을 받아들이려 하지 않았다. 배를 드러낸 채 뒤집어진 상어는 아가리를 짤깍거리면서 꼬리로 물을 치며 몸부림쳤다. 꼬리가 수면을 후려칠 때마다 하얀 물보라가 퍼져 올랐다. 밧줄이 조여들고 바르르 떨리면서 팽창하더니 끊어져버렸다. 한 순간 상어 몸뚱이의 4분의 3이 수면 위로 드러났다. 노인은 상어를 유심히 지켜보았다. 잠시 동안 수면 위에 떠있던 상어는 천천히 물속으로 사라져버렸다.

"저 망할 놈의 상어가 고기를 뜯어먹는 바람에 내가 벌 돈도 줄어들었어."

노인은 자못 억울하다는 듯이 소리 내어 말했다.

"그리고 저놈은 작살과 밧줄도 모두 가져가버리고 말았어. 노인은 생각했다. 내 고기는 피를 계속 흘리고 있어. 피 냄새를 맡고 언제든 다른 놈들이 또 나타날 테지."

노인은 더 이상 살점이 뜯겨 나간 고기를 보고 싶지 않았다. 고기가 상어에게 뜯길 때 노인은 마치 자신의 살점이 뜯기는 것 같았다.

'하지만 내 물고기를 물어뜯은 상어를 내가 죽였어. 그놈은 내가 본 중에서 가장 큰 마코 상어였어. 여태껏 큰 놈들을 많이 봐 왔지만 말이야. 역시나 좋은 일은 오래가지 않아.' 하고 노인은 생각했다.

'모든 것이 차라리 꿈이었으면 좋았을걸. 그러면 고기 따위는 잡지 않아도 되고, 나는 한가하게 침대 위에서 신문이나 보고 있었을 텐데 말이야.'

"하지만 인간은 패배하는 존재로 만들어진 게 아니야."

노인은 말했다.

"인간은 파멸당할 순 있어도 패배하지는 않아."

'내가 고기를 죽였다는 건 정말 후회스런 일이야.' 노인의 마음속에는 여러 복잡한 생각들이 휘몰아쳤다. '이제부터는 더 큰 시련이 닥쳐올 텐데, 작살마저 잃어버리고 말았으니. 마코 상어란 놈은 무척 힘이 세고 잔인하고 영리한 놈이야. 하지만 그놈보다야 내가 더 영리하지. 그런가? 아니야, 그렇지 않을지도 몰라. 내가 그놈보다는 무장이 더 잘되어 있었기 때문인지도 모르지.'

그리고 노인은 생각을 바꿨다.

"늙은이, 너무 깊이 생각하지 말라고."

노인은 큰 소리로 말했다.

"상어가 덤벼오면 맞서 싸우는 거야."

'그러나 나는 생각하지 않을 수가 없어. 나에게 남은 것이라고는 그것밖에 없으니까 말이야. 그것과 야구밖에는 아무것도 없어. 그런데 내가 상어의 골통을 찌르는 모습을 저 위대한 디마지오 선수가 보았다면 뭐라고 했을까? 뭐, 대단한 솜씨라고는 할 수 없지. 누구나 할 수 있는 일이니까 말이야. 하지만 내 손과 발뒤꿈치가 고통스러운 것과 같은 정도의 불리한 조건이었다는 것은 알고는 있겠지? 그야 내가 알 수 없는 일이야. 내가 발뒤꿈치를 다친 것은 헤엄을 치다가 가오리를 밟았기 때문이었는데, 놈이 독침으로 내 발뒤꿈치를 찔러서 무릎 아래가 마비되고 정말 견딜 수 없는 고통을 겪은 적이 있었지…….'

"이봐 늙은이, 기왕이면 좀 유쾌한 일을 생각하지그래. 이제부터는 집 쪽으로 점점 가까이 가고 있잖아. 또 고기의 살점을 일부 잃었기 때문에 배도 그만큼 가볍게 갈 수 있게 되었고 말이야."

그러나 배가 조류의 안쪽으로 들어가면 어떤 일이 일어날지 노인은 잘 알고 있었다. 그리고 이제는 어찌할 방도가 없었다.

"아니야, 반드시 다른 방법이 있을 거야, 있고말고."

노인은 큰 소리로 말했다.

"그래, 노의 손잡이에다 칼을 단단히 묶어 두자."

노인은 곧 행동으로 옮겼다. 키는 겨드랑이 밑에 끼고 발은 돛자락을 밟았다.

"됐다. 나는 여전히 늙은이임에 틀림없어. 그렇지만 최소한의 무장은 되어 있잖아."

상쾌한 미풍이 불어오기 시작하고, 배는 바람의 힘만큼

물결을 헤쳐 나아갔다. 노인은 고기의 앞부분만 봤다. 그러자 약간의 희망이 되살아났다.

'희망을 버린다는 것만큼 어리석은 일은 없어. 그건 죄악이야.'

노인은 스스로에게 다짐했다.

'죄에 대해서는 더 이상 생각하지 말아야지. 죄가 아니라도 생각해야 할 것은 산더미처럼 쌓여 있으니까 말이야. 거기에다 죄가 무엇인가에 대해서는 내가 알 까닭이 없지. 죄가 무엇인지는 내가 알 수도 없거니와 또한 나는 죄를 믿는다고도 할 수 없다. 그래, 고기를 죽인 것은 죄가 될 수 있겠지. 내가 먹고살기 위해서, 또 많은 사람을 먹여 살리기 위해서 한 짓이라고 할지라도 죄는 죄다. 그렇게 되면 모든 것이 죄다. 죄가 아닌 것이 없을 거야. 더 이상 죄에 대해서는 생각하지 말자. 그런 생각을 하기에는 뭔가 불합리해. 그 죄에 대해 생각하는 것으로 돈을 받는 사람들도 있으니까 말이야. 죄는 그런 사람들이나 생각하라고 하자. 나는 어부다. 물고기가 물고기로 태어난 것처럼 나는 어부로 태어난 거야. 성 베드로는 어부였다. 위대한 디마지오 선수의 아버

지도 어부였다고 했어.'

　노인은 자신과 관련한 모든 일에 대하여 이런저런 방법으로 생각해보는 걸 좋아했다. 노인에게는 읽을 책도, 라디오도 없었기 때문에 자연히 여러 가지 생각을 하게 되었다. 더더구나 죄에 대해선 생각이 그치질 않았다.

　'고기를 죽인 것은 먹고살기 위해서라든가 식량으로 팔기 위해서만은 아닌 것 같군.' 하고 노인은 생각했다. '너는 자존심 때문에 고기를 죽였어. 넌 어부로서 당연히 고기를 죽여야 하는 게 아니냔 말이다. 너는 고기가 살아 있을 때도 사랑했고, 죽은 후에도 사랑했다. 네가 고기를 사랑한다면 죽이는 것은 죄가 안 될지도 몰라. 아니 더욱 무거운 죄가 되는 건가?'

　"이 늙은이가 생각이 너무 많군."

　노인은 큰 소리로 지껄였다.

　'하지만 넌 마코 상어를 죽였을 땐 즐기고 있었어.' 하고 노인은 계속 생각했다. '그놈도 너처럼 산 고기를 먹고 살아. 썩은 고기 따위나 먹는 형편없는 놈이 아니란 말이다. 식욕의 화신처럼 아무거나 게걸스럽게 먹어대는 놈이 아니

야. 녀석은 아름답고 고결하고 어떠한 두려움도 모르는 근사한 고기였단 말이다.'

"하지만 내가 그놈을 죽인 건 정당방위야. 그리고 놈을 죽이길 잘한 거야."

노인은 큰소리로 말했다.

그리고 또 모든 것은 상대를 죽이고, 상대에게 죽고 하면서 살아가는 게 아닌가 하고 노인은 생각을 계속했다.

'그러니까 고기잡이가 나를 살리고 있는 것과 마찬가지로 나를 죽이고 있기도 한 거지. 그 아이는 나의 생계를 도와주고 있어. 나는 나 자신을 너무 속여선 안 돼.'

노인은 뱃전으로 몸을 굽혀 상어가 물어뜯다 만 고기의 살을 한 점 떼어 냈다. 그리고 그것을 씹으면서 고기의 질과 맛을 음미했다. 소고기처럼 살이 단단하고 물이 많았으나 빛깔이 붉지는 않았다. 힘줄도 거의 없었다. 시장에 갖고 나가면 최고가로 팔 수 있을 것이라는 자신감이 들었다. 그러나 피 냄새가 물속으로 퍼져 나가는 것만은 막을 도리가 없었다. 노인은 최악의 사태가 서서히 다가오고 있음을 예감했다.

미풍은 여전히 불어왔다. 동북쪽으로 풍향이 조금 바뀌는 듯했으나 바람이 잦아들지는 않을 것임을 노인은 알았다. 노인은 멀리 앞쪽을 보았다. 돛 그림자나, 배 그림자 하나도 눈에 띄지 않았다. 배에서 피어오르는 연기조차도 보이지 않았다. 뱃머리 쪽에서 이리저리 날아다니는 날치와 수면의 움직임에 따라 떠다니는 누런 해초무더기만 보일 뿐이었다. 심지어 새 한 마리도 보이지 않았다.

노인은 뱃고물에 몸을 기대고 앉아 쉬면서 기운을 차리려고 이따금 청새치의 살점을 씹었다. 그렇게 두 시간 정도 항해했을 무렵, 노인은 쫓아오던 상어 두 마리 중에 앞서오는 놈을 보았다.

"아!"

노인은 비명 같은 소리로 외쳤다. 이 말은 무엇이라 다른 말로 옮겨 놓을 수 없는 말이다. 어쩌면 이 소리는 못이 자신의 손을 뚫고 나무에 박힐 때 지를 수 있는 그런 소리였다.

"갈라노다."

노인은 큰 소리로 말했다. 노인은 첫 번째 상어 뒤에 바짝 붙어서 따라오는 두 번째 놈을 보았다. 갈색 삼각형 지느러미와 휩쓸고 가는 듯한 꼬리의 움직임으로 보아 삽 모양의 콧등을 가진 상어라는 것을 알았다. 놈들은 피 냄새에 어쩔 줄을 모르고 있었다. 너무 흥분하여 가끔 멍청하게도 냄새를 잃어버리고 허둥대기도 하였다. 그러나 다시 냄새를 맡고는 배 뒤꽁무니를 쫓았다. 상어는 점점 더 가까이 다가왔다.

노인은 서둘러 돛을 배의 횡목에다 붙들어 매고 키가 움직이지 않도록 단단히 고정시켰다. 그러고는 칼을 꽂은 노를 들고 일어섰다. 가능한 한 살며시 치켜들었다. 노를 쥔채 교대로 두 손을 쥐었다 폈다 하면서 아픔을 달래려고 애썼다. 어느 순간, 힘껏 노를 움켜쥐었다.

격렬한 통증이 왔으나 노인은 참아 냈다. 두 마리의 상어가 맹렬히 쫓아오는 것을 지켜보았다. 넓적한 삽처럼 생긴 머리통과 끝이 흰 넓은 가슴지느러미도 보였다. 놈들은 지독한 악취를 내뿜으며 청소부처럼 썩은 고기를 찾아 헤매는 고약하고 포악한 성질의 상어이다. 이를테면 살인 상습범이다. 배가 고프면 노든 키든 가리지 않고 닥치는 대로 물어뜯는다. 물 위에서 자고 있는 바다거북의 다리를 잘라 먹기도 하는 놈들이다. 배가 고프면 수영하는 사람도 습격한다. 사람에게 고기의 피비린내가 나건 말건 생선 비린내가 묻어 있건 없건, 그런 것들이 이놈들에게는 전혀 이유가 될 수가 없는 것이다.

"에이!"

노인이 큰 소리로 외쳤다.

"자, 갈라노야. 이 망할 놈아. 어서 덤벼라!"

첫 번째 상어가 다가왔다. 그러나 좀 전의 마코 상어처럼 덤벼들지는 않았다. 그중에 한 놈이 몸을 돌리더니 배 아래로 자취를 숨겼다. 배가 흔들리는 것이 느껴졌다. 밑으로 들어간 놈이 고기를 물어뜯기 시작한 것이다. 또 다른 한 놈은 가늘게 찢어진 눈으로 빤히 바라보며 노인의 눈치를 살피는 듯하더니 순간, 반원형 아가리를 크게 벌리며 잽싸게 고기를 덮쳤다. 그놈은 이미 물어뜯긴 자리를 집중적으로 공격했다. 상어의 갈색 머리와 등이 선명한 선을 나타내고 있다. 뇌와 척추가 연결된 부분이다. 노인은 그곳에 칼을 푹 찔렀다.

그리고 곧 다시 칼을 뽑아 이번에는 고양이처럼 노란 눈알에 칼을 박았다. 상어가 물었던 고기를 놓고 떨어져 나갔다. 그놈은 죽으면서도 기어코 물어뜯은 고기를 삼키고 있었다.

배는 여전히 흔들렸다. 배 밑의 놈은 고기를 계속 물어뜯고 있기 때문이다. 노인은 잽싸게 돛의 줄을 풀어 배가 옆으로 돌게 하였다. 상어의 전신이 드러났다. 노인은 기회를 놓칠세라 뱃전으로 몸을 내밀면서 상어에게 일격을 가했다. 그러나 급소는 빗나가고 말았다. 껍질이 단단해서 살만 찢어졌을 뿐 깊이 찔리지는 않았다. 너무 힘껏 찌르느라 두 손은 물론이고 어깨까지 아파 왔다. 상어는 또다시 머리를 쳐들고 쏜살같이 물 위로 올라왔다. 상어가 콧등을 물 밖으로 내밀고 고기를 물어뜯을 때 노인은 기회를 놓치지 않고 놈의 평평한 정수리 한가운데를 정통으로 찔렀다. 칼을 뽑아 연이어 같은 곳을 또 찔렀다.

그래도 상어는 주둥이를 처박고 물고기에 매달려 살점을 물어뜯었다. 이번에는 왼쪽 눈을 푹 쑤셨다. 여전히 상어는 고기에 매달려 있었다.

"이놈! 이래도 안 떨어져?"

노인은 최후의 일격을 가하듯 칼날로 상어의 척추와 뇌 사이를 내리 찔렀다. 이번에는 칼이 쉽게 들어갔고, 상어의 연골이 부르르 떨리면서 쪼개지는 것이 느껴졌다. 노인은 노를 거꾸로 잡아 상어의 아가리 속에다 칼날을 틀어넣고 아가리를 찢어서 여는 것처럼 노를 한 바퀴 뒤틀었다. 그제 야 상어는 힘없이 떨어져 나갔다. 노인은 상어에게 욕설을 퍼부었다.

"죽어라, 이놈 갈라노. 어둠 속 깊이깊이 가라앉아 먼저 간 네놈의 친구인지 어미인지나 만나라."

노인은 숨을 몰아쉬며 칼날을 닦고 노를 내려놓았다. 그 리고는 아딧줄을 매고 풍향을 맞춰 돛에 바람을 가득 채우 고 해안을 향해 배를 달리게 하였다.

"고기의 4분의 1이나 뜯겼어. 그것도 제일 맛있는 부분 을 말이야."

노인은 큰 소리로 지껄였다.

"차라리 꿈이었으면 좋았을걸. 애당초 너를 낚아 올린 것 이 잘못이었어. 고기야, 정말 미안하구나." 노인은 할 말을 잃었다. 더 이상은 저 처참한 모습의 고기를 보고 싶지 않았다. 그러나 피 흘린 거죽이 바닷물에 깨끗이 씻겨 거울의 뒷면처럼 은색으로 빛나는 고기의 거대한 몸뚱이는 그래도 관심이 갔다. 노인은 힐끗 고기를 바라보았다. 줄무늬는 아직도 뚜렷했다.

"이렇게까지 멀리 나오는 게 아니었는데 말이야."

노인은 고기에게 말을 걸었다.

"미안하구나, 고기야. 너를 위해서나 나를 위해서나 싹 다 무의미한 일이었어, 전부."

"자, 그럼……" 하고 노인은 말했다.

"칼을 붙들어 맨 곳을 점검해보자. 혹시 끊어진 덴 없는지. 앞으로도 놈들은 더 몰려올 테고 손도 제대로 쓸 수 있도록 준비해둬야 하니까."

"칼을 갈 숫돌이 있으면 좋았을걸."

노인은 노 손잡이에 칼이 잘 묶여 있나 살펴보았다. 그리고 아쉬운 듯이 말했다.

"정말 숫돌을 가지고 왔어야 했는데……"

'가지고 왔어야 할 것도 많군.' 하고 노인은 생각했다. '그렇지만 가지고 오지 않은 걸 어쩌란 말이냐. 이것 봐. 지금은 없는 것을 후회할 때가 아니라 있는 것으로 무엇을 할 수 있는가를 생각해야 할 때라고!'

"자네는 여러 가지로 내게 좋은 충고를 해주는군."

노인은 큰 소리로 말했다.

"이제는 그것도 싫증이 났어."

노인은 키를 겨드랑이에 낀 채 배가 앞으로 나아가는 대로 두고 손을 물속에 담갔다.

"마지막 놈이 얼마나 뜯어먹었는지는 모르겠다만 덕분에 배는 훨씬 가벼워졌어."

노인은 물어뜯긴 물고기의 아래쪽 부분에 대해서는 생각하고 싶지 않았다. 상어가 덤벼들었을 때마다 고깃점이 뜯겨 나갔을 것이고 지금쯤 바닷속은 고기에서 흘러나온 피가 신작로같이 넓은 길 같은 띠를 만들어 모든 상어 떼를 유혹하리라는 것도 알았다.

그는 이 고기 한 마리면 사람 한 명이 겨울 내내 먹을 수 있을 것이라고 생각했다. 하지만 동시에 그것이 부질없는 생각임을 알아챘다.

'최대한 휴식을 취하면서 남은 고기를 지킬 수 있도록 손이나 잘 주물러 두도록 해라. 하긴, 이미 바다엔 피 냄새가 온통 퍼져 있을 테니 내 손의 피 냄새는 아무것도 아닐 거야. 문제 삼을 만한 상처도 아니고 지금은 출혈도 대단치 않아. 또 피가 난 덕분에 왼손에 쥐도 나지 않을 거고 말이야.

이제 나는 무슨 생각을 해야 하나. 아무것도 없다. 나는 아무런 생각 없이 다만 다가올 상어만 기다리면 된다. 부디 이모든 일들이 꿈이라면 좋겠군.' 하고 노인은 생각했다.

'그러나 혹시 또 모를 일이지. 모든 일이 다 잘 풀릴 수도 있으니까 말이야.'

드디어 나타난 놈도 먼저 상어와 마찬가지로 콧등이 삽처럼 생긴 놈이었다. 그놈은 마치 여물통에 주둥이를 박고 있는 돼지 같았다. 하지만 그렇게 큰 입을 가진 돼지는 없다. 놈이 벌린 입은 사람의 머리가 그대로 쑥 들어갈 만큼 컸다. 노인은 상어가 고기에게 바짝 다가올 때까지 내버려 두었다. 놈이 살점을 뜯는 순간, 노 끝에 매어 둔 칼로 단 한 번에 골통을 찔렀다. 상어는 몸통을 뒤집으며 튕겨 나가면서 칼을 낚아채어 가버렸다.

'이젠 칼도 없구나······.'

노인은 마음을 진정시키면서 먼저의 자리로 되돌아와 키를 잡았다. 그는 그 커다란 상어가 물속으로 천천히 가라앉는 모습을 쳐다보지 않았다. 처음에는 원래의 크기로 보이다가 차츰 작아지고 나중에는 점처럼 보이면서 어느 순간 완전히 사라졌다. 그것은 노인을 언제나 흥분시키는 광경이었다. 하지만 지금은 거들떠보지도 않았다.

"나에게는 아직 작살이 남아 있어. 그러나 별 소용은 없을 거야. 그래도 아직 노가 두 개에, 키 손잡이와 짤막한 몽둥이가 하나 있어."

그렇게 말하면서도 노인은 속으로 체념했다.

'결국 나는 저놈들한테 지고 말았구나······. 이제 너무 늙어서 몽둥이로 상어를 때려죽일 수도 없어. 그러나 내게 노와 짧은 몽둥이 그리고 키 손잡이가 있는 한 끝까지 싸워보긴 할 테야.'

노인은 다시 두 손을 짠 바닷물에 담갔다. 벌써 저녁 때가 되었다. 바다와 하늘 말고는 아무것도 보이지 않았다. 바람은 좀 전보다 훨씬 더 세차게 불어왔다. 노인은 어서 육지가 보였으면 하고 간절히 바랐다.

"자네는 지쳤군. 기진맥진한 거야, 늙은이."

그는 중얼거렸다.

상어 떼가 또다시 습격해 온 것은 해가 지기 바로 직전이었다.

노인은 고기의 피를 따라 갈색 지느러미 떼가 몰려오는 것을 보았다. 놈들은 냄새를 찾느라 우왕좌왕하지도 않았다. 서로 어깨를 나란히 하고 곧장 배를 향해 달려왔다.

노인은 키를 고정시키고 돛 줄을 비끄러맨 다음 뱃고물 밑창에서 몽둥이를 꺼냈다. 그것은 부러진 노 손잡이를 잘라서 만든 약 1미터 정도 길이의 몽둥이였다. 손잡이가 달려 있기 때문에 한 손으로도 쉽게 다룰 수 있었다. 노인은 오른손으로 그것을 꽉 쥐고 왼손의 손목 관절을 구부렸다 폈다 하면서 상어 떼가 다가오는 것을 지켜보았다. 두 마리 모두 갈라노 상어였다.

'우선 먼저 오는 놈은 물어뜯게 놔두자. 그리고는 기회를 봐서 콧등이나 정수리를 정통으로 갈겨 줘야지.' 하고 노인은 생각했다.

먼저 온 상어가 고기의 은빛 옆구리에 주둥이를 처박으며 덤벼들었을 때 노인은 몽둥이를 상어의 넓적한 골통을 향해 내리쳤다. 놈의 골통에서 고무와 같은 탄력성을 느꼈으며 뼈의 단단한 감도 느꼈다. 상어가 고기로부터 물러나려는 순간 한 번 더 세차게 콧등을 후려 갈겼다.

물속으로 들어갔다 나왔다 하던 또 한 놈의 상어가 주둥이를 쩍 벌린 채 나타났다. 상어의 주둥이 양옆으로 허연 살점이 삐져나와 있는 것이 보였다. 노인은 있는 힘껏 몽둥이를 휘둘러서 놈의 머리를 내리쳤다. 상어는 노인을 흘깃 바라보고는 다시 고기의 살점을 물어뜯었다. 노인은 다시 한 번 몽둥이를 휘둘렀다. 그러나 상어는 벌써 고기를 삼키려고 뒤로 물러나고 있었다. 노인은 몽둥이로 내리 쳤으나 느껴지는 것은 다만 단단한 고무의 탄성뿐이었다.

"네 이놈, 갈라노야. 어서 와라. 다시 덤벼봐라."

노인은 소리쳤다.

상어가 쏜살같이 달려들었다. 몽둥이를 내리치자 상어는 주둥이를 다물어버렸다. 재차 몽둥이를 높이 치켜들었다가 내리쳤다. 이번에는 골통의 뼈에 닿는 것이 느껴졌다. 또 한 번 같은 부분에 몽둥이의 둔탁한 소리가 났다. 상어는 고깃점을 물어뜯은 채 고기에서 서서히 물러났다.

노인은 긴장을 늦추지 않으며 놈들의 습격을 기다렸으나 두 놈 다 나타나지 않았다. 다시 주위를 도는 상어 한 마리가 보였고 또 한 마리의 지느러미는 이제 보이지 않았다.

노인은 그 상어가 그 정도로 죽을 놈들이 아니라고 생각했다. '내가 젊었을 때라면 죽였겠지만 말이야. 하지만 두 놈 다 심한 상처로 성하지는 못할 거야. 두 손으로 몽둥이를 쓸 수 있었다면 지금이라도 먼저 놈은 확실히 죽였을 텐데…….'

노인은 이미 반은 뜯겨져 나갔을 고기 쪽을 도저히 바라볼 생각이 나지 않았다. 어느새 해가 지고 있었다.

"곧 어두워지겠군."

노인이 중얼거렸다.

"그러면 아바나의 불빛도 보이겠지. 동쪽으로 너무 나왔다면 낯선 해안의 불빛이라도 보일 테고."

'거리상으로 짐작해보아도 이젠 그리 멀지 않아. 사람들이 나 때문에 걱정들을 안 했으면 좋겠는데. 물론 그 아이만은 나를 걱정하고 있겠지. 아이는 끝까지 자신만만하게 생각하고 있을 거야. 늙은 어부들도 내 걱정을 할 거고, 다른 사람들도 내 걱정을 하겠지. 아, 나는 정말 좋은 이웃들이 있는 좋은 마을에서 살고 있구나.'

노인은 진심으로 그렇게 생각했다. 물고기는 너무 심하게 뜯겨져서 더 이상 물고기를 상대로 대화를 나눌 용기도 없어지고 말았다. 그때 문득 어떤 생각이 머리에 떠올랐다.

"고기는 반쪽밖에 안 돼. 몸이 성한 고기는 이미 지나간 일이야. 내가 너무 멀리 나왔어. 정말 미안하구나. 내가 우리 둘을 망쳐버렸구나. 하지만 우리는 여러 마리의 상어를 죽이고 파멸시키지 않았느냔 말이야. 바로 너하고 나하고 말이야. 반쪽 고기야, 너는 그동안 몇 마리나 죽였니? 네 머리에 있는 그 뾰족한 창날 같은 주둥이를 괜히 달고 있는 것은 아닐 테니까 말이야."

만약에 이 고기가 자유롭게 바닷속을 헤엄쳐 다니고 있다면 상어하고 어떻게 싸울 것인가. 노인은 고기가 살아 있던 순간에 대해 생각하는 것이 즐거웠다. '이럴 줄 알았으면 고기가 싸울 수 있게 주둥이를 잡아맨 밧줄을 풀어줄 걸 그랬지.' 하고 생각했다. 그러나 도끼도 없었고 칼도 없었다. '만일 칼이 있어서 노의 손잡이에다 잡아매었다면 아주 훌륭한 무기가 되었을 거야. 그러면 우리는 함께 싸울 수 있을 텐데. 이제 또 상어란 놈들이 밤중에 습격해오면 어떻게 할 것인가. 어떻게 할 작정이냔 말이야.'

"놈들과 싸우는 거지. 내가 죽을 때까지 싸우는 거야."

노인은 말했다.

이제 날은 어두워졌고, 사방 어디에도 불빛은 보이지 않았다. 달빛마저도 보이지 않았다.

다만 바람이 불고 있는 것이 느껴질 뿐이었다. 바람은 꾸준히 배를 끌고 갔다. 노인은 자신이 혹시 이미 죽은 것이 아닌가 하는 생각마저 들었다. 두 손을 마주 잡고 손바닥을 마주 대보았다. 죽지 않았다. 두 손을 폈다 오므렸다 할 때 느껴지는 아픔 때문에 겨우 살아 있다고 인식할 수 있었다. 이번에는 등을 뱃고물에 기댔다. 역시 자신은 죽지 않았음을 알 수 있었다. 어깨가 그 사실을 말해주고 있었던 것이다.

'고기를 잡으면 외겠다고 약속한 기도문이 있었지.'

노인은 자신의 기도에 대해 생각했다.

'하지만 지금은 너무 지쳐서 아무 말도 할 수 없어. 부대를 찾아서 어깨를 덮는 것이 좋겠군.'

그는 뱃고물에 누워서 키를 잡았다. 그리고 흰한 불빛이 하늘에 비춰오기만을 기다렸다.

'물고기는 아직 반이나 남아 있어. 반만이라도 가져갈 수 있다니, 나에게 아직 운이 남아 있다는 거겠지. 그래, 운이 조금은 있는 모양이야.'

"아니야." 불현듯 노인은 중얼거렸다.

"바다로 너무 멀리 나왔기 때문에 운을 망쳐버리고 말거야."

노인은 큰 소리를 치며 말했다.

"어리석은 생각은 하지 마. 정신 차리고 키나 단단히 잡고 있어. 행운이 지금부터 올지도 모르잖아. 행운을 파는 곳이 있다면 지금 당장 좀 샀으면 좋겠군."

노인은 다시 말했다.

"그렇지만 무엇으로 사지? 잃어버린 작살과 부러진 칼

157

그리고 못 쓰게 된 이 두 손으로 도대체 무엇을 살 수 있단 말이야!"

"혹시 살 수 있을지도 몰라."

노인은 말했다.

"자네는 바다에서 보낸 84일이란 시간의 값을 치르고 행운을 사려고 했지. 그리고 거의 살 뻔도 했잖은가 말이다."

그 즈음 노인은 쓸데없는 생각은 집어치우자고 생각했다.

'행운이란 여러 형태로 찾아오는데 그 누가 그것을 미리 알 수 있겠는가? 어쨌건 나는 약간의 행운은 가진 셈이었고 게다가 상대방의 요구대로 값을 치르기도 한 셈이었다. 하늘에 훤한 불빛이 빨리 비춰왔으면 좋으련만.'

노인은 생각했다.

'이봐, 늙은이. 자네는 한꺼번에 너무 여러 가지를 바라는군. 그러나 내가 지금 당장 바라는 것은 바로 그 불빛이야.'

노인은 좀 더 편한 자세로 키를 잡으려고 애썼다. 몸의 고통으로 노인은 자신이 죽지 않았다는 것을 실감했다.

밤 10시쯤 되자 아바나 거리의 불빛이 하늘에 훤하게 반사되는 현상이 보였다. 처음에는 빛이 흐려 달뜨기 전의 하늘빛인 줄만 알았다. 그러나 때마침 불어온 거센 바람으로 일어난 파도 너머로 보이는 그것은 의심할 여지없는 거리의 불빛이었다.

노인은 키를 돌려 불빛 쪽으로 배를 달리게 하였다. 이제 얼마 후면 멕시코 만류를 타겠다고 생각했다.

'상어 떼는 또다시 공격해 올 거야. 걱정이구나. 아무런 무기도 없이 이 어둠 속에서 어떻게 상어를 상대로 싸울 수 있단 말인가?'

긴장과 함께 꼿꼿해진 몸은 조금만 움직여도 힘겨웠고, 밤의 냉기는 몸의 상처와 근육을 더욱 고통스럽게 하였다. 더 이상 싸우지 않았으면 좋겠다고 노인은 생각했다.

'제발 싸움이 없었으면……'

그러나 자정 무렵이 되어서 또 싸워야만 했다. 싸움은 아무 소용없는 짓이라는 것을 노인은 알았다. 상어는 떼로 몰려왔다. 노인의 눈에는 상어 떼의 지느러미가 해면을 가르는 선과 고기에게 덤벼들 때의 인광만이 보일 뿐이었다. 노인은 마구 몽둥이를 내리쳤다.

상어가 고기를 물어뜯는 소리가 들렸으며 상어가 덤벼

들 때마다 배가 흔들렸다. 노인은 소리와 육감에 따라 필사적으로 몽둥이를 휘둘렀다. 그 순간, 한 놈이 몽둥이를 물고 어둠 속으로 사라졌다. 몽둥이마저 빼앗기고 만 것이다. 노인은 키에서 손잡이를 떼어 냈다. 그것을 두 손으로 움켜잡고 상어들을 닥치는 대로 정신없이 후려쳤다. 그러나 상어들은 이제 뱃머리 쪽으로 몰려가더니 서로 번갈아가며 뜯기도 하고, 한꺼번에 몰려들어 뜯기도 하였다. 상어 떼가 또 한 번 몰려오려고 한 바퀴 돌 때 고기는 바다 밑으로 하얀 빛을 발하며 가라앉고 있었다.

남은 고기의 머리를 향하여 한 놈이 덤벼들었다.

그때 노인은 다소 체념하였다.

'아, 이제 끝장이로구나.'

상어는 뜯기지 않는 고기의 머리를 물고 늘어졌다. 노인은 상어의 머리통을 향해 키를 내리쳤다. 몇 번을 계속해서 내리치는 중간에 키 손잡이가 부러지는 소리가 들렸다. 그러자 이번에는 부러진 끝으로 있는 힘껏 찔렀다. 살을 뚫고 들어가는 것이 느껴졌다. 부러진 키의 끝이 뾰족한 것을 안 노인은 다시 상어의 몸을 찔렀다. 상어는 물었던 고기를 놓고 몸을 비틀며 떨어져 나갔다. 몰려온 상어 떼 중 마지막 놈이었다. 이제 상어들이 먹을 것은 하나도 남아 있지 않았다.

노인은 이제 숨 쉬는 것조차 어려울 지경이었다. 입안에 뭔가 이상한 맛이 돌았다. 들척지근하고 마치 구리쇠 같은 맛이었다. 순간 노인은 덜컥 겁이 났으나 곧 스스로 마음을 가다듬었다. 노인은 바다에 침을 뱉었다.

"갈라노야, 이거나 먹어라, 그리고 사람 죽인 꿈이나 꾸어라."

이제 노인은 자신이 완전한 패배자임을 인정했다. 돌이킬 수 없는 일이다. 노인은 간신히 배 뒤쪽으로 돌아가 부러진 키 손잡이 토막을 키 구멍에 끼우고 배의 방향을 잡으려고 애썼다. 그리고 어깨에 부대를 두르고 배의 진로를 바로잡았다. 이제 배는 아주 가볍게 미끄러지듯 나아갔다. 노인은 아무 생각도, 느낌도 없었다. 모든 것은 다 지나가버렸다. 다만 배를 실수 없이 조종해서 정확히 모항으로 돌아가는 일만 남았을 뿐이다. 가는 도중에도 상어 떼는 고기의 뼈를 습격해왔다. 마치 식탁의 음식 부스러기를 주우려는 사람 같았다. 노인은 신경도 안 썼다. 키질 이외에는 아무것도 관심 없었다.

자신의 작은 배가 무거운 짐을 잃어버리고, 밤바다 위를 가볍고 순조롭게 미끄러지듯 달려가고 있다는 허전한 안도감에 위로를 받을 뿐이었다.

'배는 아무 탈이 없어. 부러진 배의 키 손잡이는 쉽게 바꿔 달 수 있을 거야.'

노인은 배가 조류를 타고 있음을 느꼈다. 해안을 따라 보이는 마을의 불빛으로 현재 배의 위치를 짐작할 수 있었다. 이제 돌아가는 것은 아무것도 아니다.

'어쨌건 바람은 우리 친구라니까.' 노인은 생각했다. 그리고 덧붙였다. '항상 그런 건 아니지만 이 거대한 바다에는 우리의 친구가 있고 적도 있지.' 노인의 생각은 꼬리에 꼬리를 물었다.

'그리고 침대도 있어. 침대는 내 친구거든. 침대는 위대해. 지칠 대로 지쳤을 때 그렇게도 편안하게 해주는 것이 또 어디 있겠느냐 말이야. 침대가 이토록 편안한 것인지 예전엔 미처 몰랐다니까. 그런데 나를 이토록 못쓰게 만든 것

은 도대체 무엇이란 말인가.'

"아무것도 아니야."

그는 큰 소리로 말했다.

"단지 내가 너무 멀리 나갔기 때문이야."

마침내 노인이 작은 항구에 들어왔을 때 테라스의 불빛은 이미 꺼져 있었다. 그는 사람들도 모두 잠자리에 들었으리라 생각했다. 바람은 점점 더 세차게 불어왔다.

항구는 아무 인기척도 없었다. 노인은 바위 아래 좁은 자갈밭에다 배를 댔다. 도와줄 사람은 아무도 없었다. 노인은 될 수 있는 한 배를 뭍에 바싹 갖다 댔다. 그리고 배를 바위에 단단히 묶어 놓았다.

노인은 돛대를 내리고 돛을 감아서 묶었다. 그다음 돛대를 들어 어깨에 메고 해변 길 위쪽으로 올라갔다. 그제서야 노인은 자신이 얼마나 피로한가를 알았다. 노인은 잠시 걸음을 멈춘 채 뒤를 돌아보았다. 고기의 커다란 꼬리가 가로등 불빛을 반사하면서 배의 뒷전 쪽에 빳빳이 서 있었다.

희끄무레한 등뼈의 선과 뾰족한 주둥이가 달린 머리 부분의 검은 덩어리 사이가 텅 빈 것이 보였다 노인은 다시 언덕길을 올라갔다. 꼭대기에 이르러 노인은 그만 힘없이 주저앉고 말았다.

노인은 넘어진 상태로 돛대를 어깨에 멘 채 한동안 누워 있었다. 노인은 다시 일어나려고 애썼다. 그러나 일어날 수가 없었다. 겨우 몸을 일으킨 노인은 돛대를 어깨 위에 멘 채 한길 쪽을 바라보았다. 마침 고양이 한 마리가 저쪽 길을 건너가고 있었다. 노인은 고양이를 물끄러미 바라보았다. 그리고 다시 오두막 쪽으로 가는 길을 바라다보았다.

노인은 돛대를 놔둔 채 일어나서는 다시 돛대를 집어 어깨에 둘러메고 언덕길을 올라갔다. 오두막에 도착하기까지는 다섯 번이나 쉬어야만 했다.

오두막 안으로 들어간 노인은 벽에 돛대를 세워 놓았다. 어둠 속에서 물을 찾아 한 모금 마시고는 쓰러지듯 침대에 몸을 던졌다. 노인은 담요로 온몸을 덮고 두 팔을 쭉 뻗어 손바닥을 위로 펼친 채 신문지에 얼굴을 파묻고 깊은 잠에 빠져들었다.

아침이 되었다. 소년이 오두막의 문을 열고 안을 들여다

보니 노인은 죽은 듯이 자고 있었다. 그날은 풍랑이 심해져 범선이 바다에 나가지 못했다. 그래서 소년은 늦잠을 자고 아침마다 늘 그랬듯이 노인이 걱정돼 찾아온 것이다. 소년은 곤하게 잠들어 있는 노인 곁으로 다가가 숨을 쉬고 있는지 확인했다. 다음 순간 소년은 노인의 두 손을 보고는 얼굴을 돌려 울기 시작했다. 소년은 커피를 가져와야겠다고 생각하며 조용히 밖으로 나왔다. 길을 따라 내려가면서도 소년은 계속 울었다.

어부들이 호기심 어린 눈으로 배 주위에 모여서 배 옆에 붙들어 맨 것을 살펴보고 있었다. 한 사람은 물속에 들어가서 줄자로 고기의 뼈 길이를 재고 있었다.

소년은 이미 보았으므로 그곳으로 내려가지 않았다. 소년 대신 어부 한 사람이 배를 살펴보며 뒤처리를 하고 있었다.

"노인은 좀 어떠시냐?"

어부들 중 한 명이 큰소리로 물었다.

"아직 주무세요."

소년이 소리쳐 대답했다. 어부들이 자기가 울고 있는 것을 바라보고 있었지만 소년은 개의치 않았다.

"절대로 할아버지를 깨우지 마세요."

"머리에서 꼬리까지 무려 5.5미터나 되는군."

고기의 크기를 재고 있던 어부가 크게 소리쳤다.

"아마 그럴 거예요."

소년은 대수롭지 않다는 듯이 말했다. 그러고는 곧 테라스로 내려가서 커피 한 깡통을 주문했다.

"뜨겁게 해주세요. 우유와 설탕을 듬뿍 넣어주시고요."

"뭐 다른 필요한 것은 없니?"

"네, 없어요. 나중에 할아버지가 무엇을 드실 수 있는지 알아볼게요."

주인이 말했다.

"저렇게 큰 고기는 난생처음 봤어. 네가 어제 잡은 두 마리도 꽤 컸지만 말이야."

"그까짓 것, 제가 잡은 물고기는 아무것도 아니에요."

소년은 이렇게 말하고 나서 와락 울음을 터뜨렸다.

"너도 무엇을 좀 마시겠니?"

주인이 물었다.

"아니요."

소년은 고개를 저었다.

"대신 사람들한테 산티아고 할아버지를 귀찮게 하지 말라고 전해주세요. 곧 돌아올게요."

"내가 마음 아파하더라고 전해다오."

"네, 고맙습니다."

소년이 고개를 끄덕이며 말했다. 소년은 뜨거운 커피가든 깡통을 조심스럽게 들고 노인의 오두막으로 갔다. 그리고 노인이 깰 때까지 가만히 앉아 옆을 지켰다. 노인은한 번 잠을 깰 듯한 기척을 보이더니 다시 깊은 잠에 빠져들었다. 소년은 조용히 밖으로 나갔다. 길 건너편으로 가서 나무를 구해 와 식어버린 커피를 따뜻하게 데웠다.

마침내 노인이 깨어났다.

"일어나지 마세요, 할아버지."

소년이 걱정스럽게 말했다.

"우선 이걸 좀 마시세요."

소년은 잔에 커피를 조금 따랐다.

노인은 그것을 받아서 마셨다.

"마놀린, 그놈들이 이겼어. 정말 놈들이 나한테 이겼다니까."

노인이 말했다.

"그 고기가 할아버지를 이긴 건 아니었어요. 잡아 온 고기는 아니라는 말이에요."

"그렇지, 정말. 내가 놈들에게 진 것은 나중 일이었어."

"페드리코 아저씨가 배와 어구를 살피며 손질하고 있어요. 고기 머리는 어떻게 할까요?"

"페드리코에게 잘라서 고기 덫으로 쓰라고 하지 뭐."

"그 창날 같은 주둥이는요?"

"가지고 싶거든 네가 가지렴."

"좋아요. 정말 가지고 싶어요."

소년이 말했다.

"이제 우리는 그 일을 잊고 다른 계획을 세워야 하지 않겠어요?"

"모두들 나를 찾았니?"

"그럼요. 해안 경비대와 비행기까지 동원됐었는걸요."

"그 넓은 바다에서 이파리만 한 배를 찾기는 어려웠을 테지."

노인은 말했다.

순간 노인은 새로운 사실을 뼈저리게 깨달았다. 자신과 바다밖에는 말할 상대가 없이 지내다가 이렇게 진짜 이야기를 나눌 상대가 있다는 것이 얼마나 즐거운 일인지를 말이다.

"그동안 네가 얼마나 그리웠는지 몰라."

노인은 이어 말했다.

"너는 뭘 좀 잡았니?"

"첫날에 한 마리를 잡았고요, 둘째 날에도 한 마리, 그리고 셋째 날은 두 마리를 잡았어요."

"오, 잘했구나."

"이제 우리 함께 고기를 잡으러 다녀요."

"아니야, 안 돼. 나는 재수가 없는 사람이야. 이제 나에겐 운이 다 갔어."

"운 같은 건 아무것도 아니에요. 운은 제가 가지고 가면 되잖아요."

소년이 말했다.

"너희 가족들이 뭐라고 하지 않을까?"

"상관없어요. 전, 어제 두 마리나 잡았어요. 이젠 할아버지하고 같이 나갈 거예요. 전 아직 배워야 할 것이 많거든요."

"잘 드는 작살을 하나 구해서 늘 배에 싣고 다녀야겠다. 낡은 포드 자동차의 스프링 조각을 이용하면 창날을 만들 수 있을 거야. 날을 가는 건 구아나바코아에 가면 되니까. 그건 불에 달구지 않아서 부러지기는 쉬울 거야. 하지만 날 카롭기는 하지. 내 칼이 부러졌단다."

"제가 다른 칼을 하나 더 구해다 드릴게요. 그리고 스프링도 갈아 오고요. 폭풍이 얼마나 계속 될까요?"

"사흘은 갈 거 같아. 어쩌면 좀 더 오래 불지도 모르겠다만."

"제가 무엇이든지 잘 챙겨 놓을게요."

소년이 말했다.

"할아버지는 그 손이 낫는 것에만 신경 쓰도록 하세요."

"손이야 어떻게 하면 되는지 알고 있으니까 별 문제는 아냐. 그런데 말이야. 간밤에 무엇인가 이상한 것을 토했어. 그러면서 가슴이 찢어지는 것 같은 통증을 느꼈지."

"그것도 얼른 치료하시고요."

소년이 말했다.

"누우세요, 할아버지. 제가 깨끗한 셔츠를 갖다 드릴게요. 뭔가 좀 드실 것도 가져올게요."

"내가 없는 동안 온 신문이 있으면 아무것이나 좀 가져다주렴."

노인이 말했다.

"할아버지는 빨리 나으셔야 해요. 전 아직 할아버지한테 배울 게 너무 많아요. 할아버지가 다 가르쳐 주셔야 해요. 그런데 할아버지, 정말 고생 많으셨지요?"

"허허, 그래, 고생 좀 했지."

노인이 대답했다.

"그럼, 쉬고 계세요. 드실 음식과 신문을 준비하고 또, 손에 바를 약도 사가지고 올게요."

소년이 말했다.

"페드리코에게 고기 머리를 가지라고 꼭 전하고."

"네, 잊지 않고 꼭 전할게요."

소년은 문밖으로 나왔다. 그리고 산호초로 된 길을 내려가면서 또다시 울음을 터뜨렸다.

그날 오후, 테라스에는 관광단이 도착했다. 관광객들은

빈 맥주 깡통과 죽은 물고기 꼬치구이가 흩어진 사이로 바다를 내려다보았다. 그들 중 한 부인의 눈에 무엇인가가 들어왔다. 항구 바깥쪽에서 동풍이 불어 쉴 새 없이 심한 파도가 일었는데, 그때마다 조류에 밀려 떠올랐다 흔들렸다 하는 큰 꼬리가 달린, 거대한 고기의 백골을 본 것이다.

"저게 뭐예요?"

부인이 안내원에게 물었다. 그때 마침 고기의 뼈는 조류를 타고 바다 쪽으로 밀려나가고 있었다.

"티뷰론입니다."

안내원이 대답했다.

"상어의 일종이죠."

안내원은 사투리가 섞인 영어로 고쳐 말했다. 그리고 여러 가지 얽힌 이야기를 열심히 설명하려고 했다.

"세상에, 상어가 저렇게 멋있고 아름다운 꼬리를 가지고 있을 줄은 몰랐어요."

"정말이야, 나도 처음 본걸."

곁에 있던 부인의 동행인 남자가 말했다.

길 위의 오두막에서는 노인이 다시 깊은 잠에 빠져들고

있었다. 여전히 엎드린 자세였다.

소년이 곁에 앉아서 노인을 지켜보았다. 노인은 사자 꿈을 꾸었다.

작품 해설

　노인과 바다는 삶의 대한 애환과 아이러니가 매우 담담한 어투로 기술되어 있는 작품이다. 줄거리는 매우 단출하나, 바다 위에서 노인이 겪는 심리적 갈등과 만담 형식으로 기술된 짧은 대화체들은 오히려 화려하지 않고 차분하여 더 큰 극적 감동을 자아내는 것이 특징이다. 바다는 노인에게 살기 위해 꼭 나아가야만 하는 영역이면서도 또한 고립될 수밖에 없는 단절의 공간이기도 하다. 이러한 모순 속에서 드러나는 주인공 산티아고의 태도는 무언가를 간절히 열망해본 경험이 있는 모든 이의 가슴을 다독여 준다.

　그 바다라는 영역에서 노인에게 유일한 탈출구는 물고기를 낚는 것이다. 물고기를 잡는다는 행위는 노인에게 삶을 영위하게 해준다는 것이고, 바다 위에 홀로 떠 있는 단절을 해소해 줄 유일한 수단이기 때문이다. 동시에 그 행위가 있기 때문에 노인의 삶은 의미를 획득하고 있다고 해도 과언이 아니다. 산티아고에게 고기잡이는 지극히 당연하여 자신의 삶과 결코 따로 분리할 수 없는 본질적인 영역인 것이다.

배고픔과 육체적 고통을 견디면서도 그가 바다를 포기할 수 없는 이유가 바로 거기에 있다. 오직 바다로 나아갔을 때만이 물고기를 낚아 올릴 가능성이 있기 때문이다. 84일 동안 단 한 마리의 고기도 잡아 올리지 못했으나, 85일째 바다에서 커다란 청새치가 노인의 미끼를 물었다. 그리고 노인은 끝내 고기를 낚아챈다. 누구도 이를 우연이라고 말할 권리는 없다. 이것은 한 개인이 거친 파도를 두려워하지 않고 도전을 계속한 끝에 획득해 낸 필연이다.

망망대해의 바다에 고립되어 고독과 외로움 속에서 길을 잃어도, 끝내 희망을 잃어버리지 않는 개인이 얼마나 아름다운 존재인지 우리는 이 작품 속에서 다시금 깨닫게 된다. 과거의 실패들에도 자기 자신이 굴복하지 않으면 누구의 삶도 패배하지 않은 것이라는 상징적인 의미를 내포하고 있다. 헤아릴 수 없을 만큼 드넓은 바다 위에서 단 한 명

175

의 작은 인간이 무엇보다 아름답게 그려지고 있다. 바로 그 이야기가 소설 『노인과 바다』이다. 소설 속에서 산티아고는 "네가 쓸모없는 짓을 하느라고 이렇게 심하게 다친 것은 아니야."라고 말하며 스스로를 다독인다.

비록 스스로를 고통으로 내몰며 이 거친 바다 위에서 혼자만의 싸움을 계속했고 끝내 잡아 올린 고기가 뼈밖에 남지 않았다고 해도 그 모든 행위가 무의미한 일은 아니라는 따뜻한 자기 연민을 확인할 수 있다.

그리하여 여전히 끝난 것이 아니다. 이 다음에 노인과 소년이 함께 고기잡이를 떠난다면 두 사람의 의지는 포악한 갈라노상어보다도 더 단호한 결의로 바다를 항해하게 될 것이기 때문이다. 산티아고는 또 이렇게 말한다.

"희망을 버린다는 것만큼 어리석은 일은 없어."

아마도 소설 『노인과 바다』는 이 한마디를 전하기 위해 쓰여진 것은 아닐까. 부디 이 책을 읽은 모든 사람이 각자의 삶에서, 자기 자신만의 따뜻한 희망을 영위하는 행복을 누릴 수 있기를 기도한다.

작가 연보

1899년 7월 21일 일리노이 주 오크 파크에서 태어났다. 현재의 지명은 시카고이다. 아버지는 의사, 어머니는 성악가로 여섯 남매 중 장남이었다. 아버지는 활동적인 인물로 낚시 및 사냥, 권투 등을 즐겼다. 헤밍웨이는 고교 시절 풋볼 선수로 활약하였으나, 그즈음에도 글을 쓰는 것을 즐겼다. 고등학교를 졸업한 뒤 대학에는 진학하지 않았다. 1917년 《캔자스 시티 스타》의 기자로 재직했다. 제1차 세계대전 때인 1918년 적십자 야전병원 수송차 운전병이 되어 이탈리아 전선에 복무 중 다리에 중상을 입고 밀라노 육군병원에 입원하게 되었다 이후 휴전이 되어 1919년 귀국하였다.

전후 캐나다 토론토에서 《토론토 스타》의 프리랜스 기

자로 재직했고, 특파원으로 파리로 건너가 거트루드 스타인 등과 사귀며 소설을 쓰기 시작했다. 행동파 작가로 스페인 내전에 파시스트이자 후에 군사 독재자가 된 프랑코에 반대하는 입장에서 참여하였다. 또한 제1차 세계대전에도 적극적으로 참여하였고, 그 경험을 바탕으로 행동적인 주인공이 등장하는 소설을 썼다.

『누구를 위하여 종은 울리나』,『무기여 잘 있거라』등은 그러한 경험이 잘 녹아 있는 작품이다. 당시 그의 소설은 헐리우드 영화에 소재를 제공하여 영화화되기도 하였다.

단편은 짧은 문체의 작품이 많으며, 이들은 대실 해미트, 레이먼드 챈들러와 이후 계속되는 하드보일드 문학의 원조가 되었다.

『무기여 잘 있거라』와『누구를 위하여 종은 울리나』이 두 작품으로 연달아 평론가와 대중들의 찬사를 받았으나 이후 10년 만에 발표한 소설『강을 건너 숲 속으로』(1950)는 이전 작품들로 인한 기대치 때문인지 좋은 성적과 반응을 얻지 못하였다. 하지만 헤밍웨이는 포기하지 않고 2년 뒤인 1952년『노인과 바다』를 발표하였다. 간결한 문체로

구성된 이 소설은 불굴의 정신으로 대어를 꿈꾸는 노인의 이야기로, 헤밍웨이 작품 세계 중 가장 큰 찬사를 받았다. 1954년에 노벨 문학상을 수상하였는데, 52년에 발표된 『노인과 바다』가 좋은 평가를 받아 수상에 영향을 미쳤다.

그러나 이 해에 두 번 비행기 사고를 당한다. 두 번의 비행기 사고에서 기적적으로 생환했지만, 중상을 입고 시상식에는 참석하지 못한 것으로 알려져 있다.

말년에 사고의 후유증에 인해 우울증에 시달리고, 집필 활동도 점차 막히기 시작한다. 또한 미국 FBI의 철저한 감시 아래에 있다고 주장하며 괴로워하였고 결국 1961년 아이다호 주에서 엽총으로 62세의 나이로 자살했다.

•

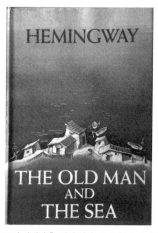

1952년 발행된 『노인과 바다』 초판 표지 디자인